■サイレント・コア
指揮通信用特殊車両［メク

全長　11.98m
全幅　2.49m
全高　3.78m
総重量　11,500kg
最大積載量　13,300kg

台湾侵攻10

絶対防衛線

大石英司

Eiji Oishi

C★NOVELS

口絵・挿画　安田忠幸
地図　平面惑星

目次

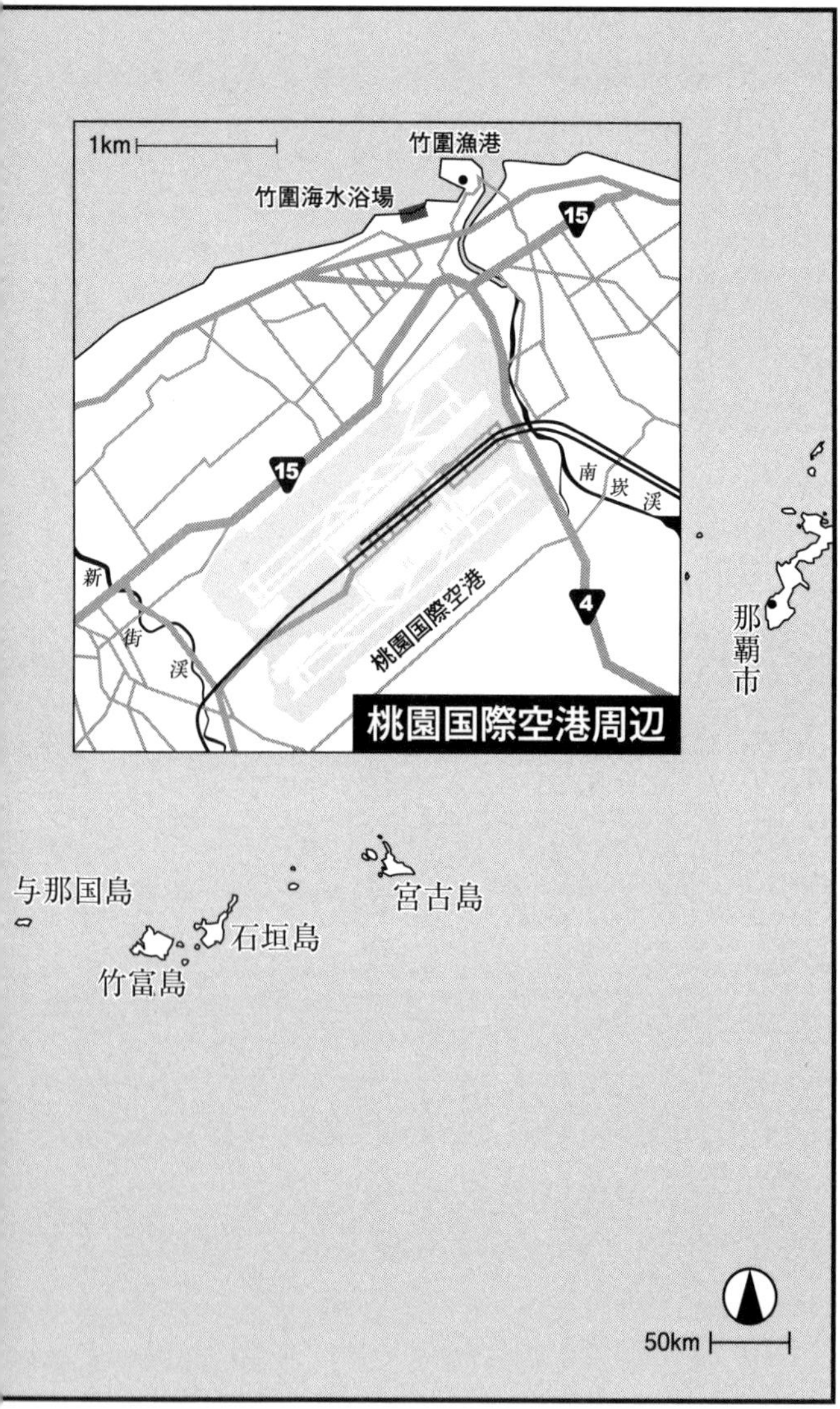
桃園国際空港周辺
1km
竹圍漁港
竹圍海水浴場
15
15
4
南崁渓
新街渓
桃園国際空港
那覇市
宮古島
与那国島
石垣島
竹富島
50km

台湾周辺地図

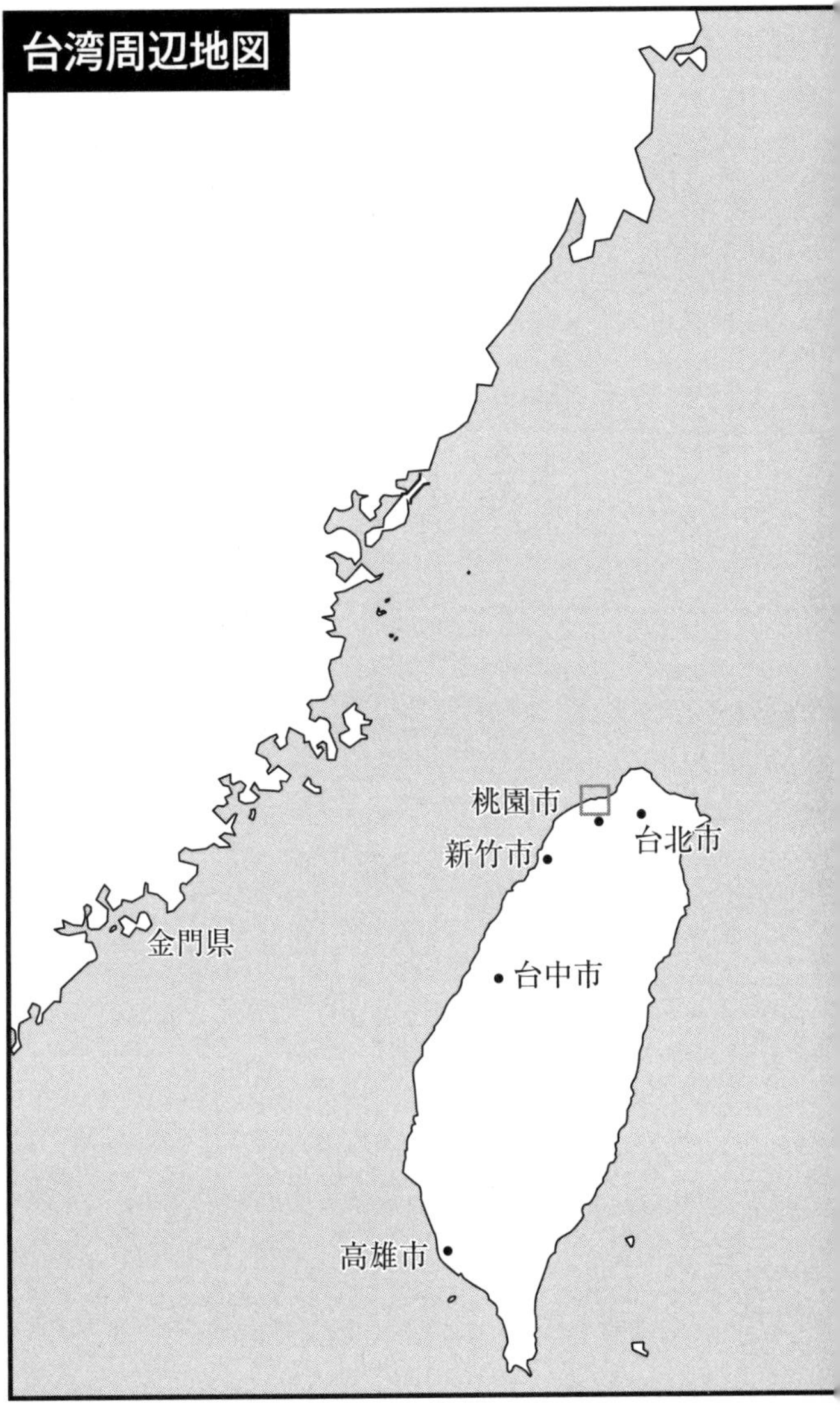

台湾侵攻10　絶対防衛線

プロローグ

台北《タイペイ》から南西へほんの三〇キロの桃園《タオユエン》市は、激しい雨が降っていた。早朝時点での天気予報は概ね晴れだったが、昼前に降り始め、午後には土砂降りとなった。

気象工学によって人工的に生み出された線状降水帯のせいだった。満潮とも重なり、台湾の空の玄関、桃園空港周辺は冠水状態となった。

解放軍は、その暴風雨の中、第3梯団を上陸させた。ここ桃園と、台湾半導体製造の拠点である新竹《シンヂュー》に。

完全な奇襲上陸だった。沖合で台湾海軍と撃ち合い、また雲中を突破しての日台両軍の航空攻撃でそれなりに数は減らしはしたが、それでも防衛側に対して三倍以上の兵力の上陸に成功した。その中には、戦車を含む機甲打撃部隊もいた。

迎え撃つ台湾側は一瞬パニックに陥り、自衛隊の加勢を得て必死に支えていた。

夕方が近づき、雨はようやく小降りになっていたが、そこかしこがまだ水浸しで、視界も悪かった。

台湾軍海兵隊《第99旅団》＝〈鐵軍部隊《アイアン・フォース》〉の愛称をもつ精鋭部隊に所属する王一傑《ワンイージェ》少尉と、台湾陸軍臨時少尉の頼筱喬《ライシャオチャオ》は、空港近くで敵の捕虜になった。

王少尉は、敵と交戦中に、筱喬は、負傷兵を救出中に。敵は海岸からあっという間に押し寄せて来たのだ。逃げる暇も無く包囲された。

だが、ひとまず味方は踏み留まっている様子だった。

遠くから聞こえてくる砲撃音は、たぶん自衛隊のそれだ。筱喬は、もともと台北から桃園へと派遣された陸上自衛隊の通訳として同行したのだ。着ている戦闘服や鉄帽も、自衛隊のものだった。

二人は、民生路《ミンシェンルー》のほぼ西端にいた。海岸までほんの二、三〇〇メートルしかない。高速の高架下に急遽設けられた野戦病院の一角に、武装した兵士二人に見張られて腰を下ろしていた。

味方が優勢である証しに、ひっきりなしに負傷兵が担ぎ込まれてくる。だが時折、解放軍の戦車も通過していく。こちらは本物の戦車だ。自衛隊がここに持ち込んだのは、装輪の戦車。どちらが強いか、筱喬にはわからなかったが、王少尉にはわかった。

解放軍のそれは本物の戦車。自衛隊のそれは、MCVと呼ばれる機動性重視の軽戦車だ。

「ここは安全なんですか？」

と筱喬は、一メートルほど離れて腰を下ろす王少尉に尋ねた。ずっと両手を頭の上で組まされている。そろそろ疲れてきたが、見張りの兵士も、銃口を突きつけることに疲れたのか、今はただ肩から提げたままだ。

「高速だから、そこらのビルの屋根よりは分厚い。迫撃砲弾が降って来ても、下までほんのちょっと孔が空く程度ですよ」

さっきから、衛生兵が喚いていた。明らかに人手不足だ。すでに三〇名以上が担ぎ込まれていたが、手当てできたのはその半分にも満たなかった。

負傷兵の多くが、自分で自分の傷口を押さえている有様だった。衛生兵は、見張りの兵士に手伝え！　と迫っていた。

「どうして、こんな仕事を？」と王が聞いた。

「しばらく日本に留学していたんです。本当は、銃を持って戦いたかったけれど……。でも、少尉さんも、海兵隊という感じじゃないですね？　私より若そうだし」

「ええ。単位を落としそうになった所に、軍のリクルーターが現れて、手を回してやるから志願しろと。一応、予備役将校の訓練を受けて奨学金も貰ってましたから。それに、どうせ配備先は、後方の安全な基地だからと……。正直、今日まで良く生き延びられたと思っています」

　衛生兵が「とっとと手伝え！」と怒鳴っていた。

筱喬が、頭の上で組んでいた手を解《ほど》いて発言の許可を求めた。

「貴方たち、血を見るのは嫌でしょう？　われわれは応急措置の訓練もそれなりに受けています。中国人同胞として、私たち二人が衛生兵を助けます。貴方たちは、そこで見張っていれば良いでしょう」

　王少尉も賛成した。

「そうだ！　自分は応急措置の訓練を一週間みっちり受けた。衛生兵が指示してくれるなら、それなりの貢献が出来るぞ！　仲間を助けたいだろう？」

　たぶんそういう訓練はほんの二時間だったが、包帯を巻く程度のことなら出来るだろう。

　二人の見張りが顔を見合わせて「良いだろう！　だが見張っているぞ」と命じた。

　座っているよりはましだ。筱喬は、民間防衛での救命訓練しか受けていなかったが、もっと真面目にやるんだったと後悔した。だが、こんな所で、何もせず時間が過ぎるのを待つよりはましだろう。

負傷兵がこれだけ出ているのに軍医の姿が見えないのが不可解だった。

二人は、両手を挙げながらゆっくりと起き上がった。外を見ると、雲の隙間から、微かに夕陽が差し込んでいた。

ようやく雨が上がろうとしていた。


中国人民解放軍の東沙島《ドンシャーダオ》奇襲上陸に端を発した台湾侵攻は、尖閣諸島を巡る攻防で日本を巻き込み、全滅した第1梯団、一度は台湾南部の占領に成功した第2梯団、そしてこの第3梯団の上陸作戦へと進んでいた。戦争はすでに三週間を過ぎ、解放軍は数百機の軍用機と搭乗員、そして陸兵三万以上を失っていたが、台湾の首都台北に着実に近づいていた。

その間、大陸では、ＣＯＶＩＤ-19を越える致死性の感染症が蔓延していたが、中国は、この戦争を止める気配は無かった。

自衛隊は、台湾本島に援軍を派遣したものの、アメリカ軍の直接参戦はなく、日台両軍部隊は、常に押され気味の戦闘を強いられていた。

第一章　捕虜

人民解放軍第164海軍陸戦兵旅団を率いる姚彦《ヤオイエン》海軍少将は、装輪装甲車〝猛士《モンシー》〟に乗って巨大な倉庫の中に突っ込んだ。

一箇所、爆撃を受けて天井から空が見えている。この破壊では、この倉庫は、もう潰すしかなかろうと思った。地面は水浸しだが、指揮所として使えなくはない。

桃園国際空港は目と鼻の先だが、敵の防御線を突破できずにいた。

二人乗りのバイクが水しぶきを上げながら倉庫の中に走り込んで来る。

民間軍事会社・上海国際警備公司《S・I・S》の二個中隊を率いて二日前空挺降下した王凱《ワンカイ》陸軍中佐が後ろに跨がっていた。

バイクから降りるなり、王中佐は、「信じてましたよ！　提督」と大げさな仕草で敬礼した。

「会えてうれしいね、中佐。空挺降下はほとんど全滅だったと聞いていたが」

「ええ。正規軍の半分以上は叩き墜されましたからね。自分も三分の一は失った」

王中佐は、「もう要らなそうだ……」とポンチョを脱いで部下に手渡した。

「しかし、この人工雨は何なんですか？　無線も何もかも通じなくなった」

「詳しくは聞かされていない。お陰で、上陸部隊はミサイルを喰らわずに接近できた。しかし、こいらへんは倉庫だらけだな。どれもこれも競技場並みの広さだ」

「大陸との交易を見込んで建てられた倉庫です。われわれが潜む場所はいくらでもあります。空港から海側に民間人はもういませんから」

「それで、君がいてどうしてこんなに手間取っているんだね?」

「聞いたら驚きますよ。まずここの郷土防衛隊の指揮を取っているのは、淡水《ダンシュイ》の英雄・李冠生《リーグワンション》少将。そして、昨夜から加勢しているのは、あのアイアン・フォースです」

「アイアン・フォース? なんと……。絶句するねぇ。これで三度目だぞ。彼らと戦うのは」

最初は東沙島で、これは奇襲攻撃が功を奏してこちらの圧勝だった。最後は夜陰に紛れて逃げられたが。二度目は淡水から陽明山《ヤンミンシャン》に掛けて。その戦いはあと一歩だったが、結果として解放軍の負けだった。陽明山の反対側まで追い詰められ、今度はこちらが夜陰に紛れて潜水艦で脱出する羽目になった。勝敗としては、一勝一敗の五分という所だった。

「空港の防備は、あきれるほど鉄壁です。子供たちにせっせと土嚢を作らせて要塞化した。ケルベロスが活躍して翻弄はしましたが、戦車もなしに突破できるようには思えない」

「少年兵と、徴兵を終えて二〇年以上は経つ年寄りばかりじゃないのか?」

「そうです。だが、老兵はそれなりに訓練され、数度の実戦であっという間に昔の勘を取り戻した。あの堅牢な防備を突破するのは並大抵じゃ無い。そ味方の空挺は、銃と手榴弾だけでしたからね。それに僅かの軽量迫撃砲と。ところで、噂の軍神・

雷炎《レイイエン》大佐はどこに？」

「そこの猛士で寝ている。ひどい船酔いでね……」

王中佐は、ちらと車内を覗き込んだ。

「どうやら噂通りの男のようだ。東沙島での報告を聞いて、すぐ彼の情報を集めました。ぜひうちで働いてもらおうと思って」

「ああ、戦略分析とか、君らが派遣されるような国の国情分析とかは得意だろうな。しかし、君らは上海が本社なのに、感染者は出なかったのか？」

「自分は、例の豪華客船の事態が発生した時、海《ハイ》南島《ナンダオ》の演習場で部隊編成中でした。訓練を兼ねて、この上陸作戦でお呼びが掛かることに備えていました。直ちに外部との接触を断ち、海外で任務中の隊員には、そこを動かず立て籠もれと命じました。最終的には、彼らも呼び戻すことになりましたが、何しろ中国は世界各国から封鎖状態。盟友のロシアからすら国境を封鎖されて、チャーター機を飛ばしたり大変でしたよ。その話をしたら一時間は潰れます。本社からは、上海の状況が時々、伝えられてきますが、酷いようですね。本社内でも感染者が出て、社員は食料持参の家族を連れて本社ビルに立て籠もっているようです。幸い倉庫に、海外拠点向けに送り出す保存食料を溜め込んでいた。それで生き延びているようです。しかし、運悪く本社にいた隊員は、市内の治安維持に駆り出されているので、感染の拡大は防ぎようがありません。見知った部下がもう何人も死にました。噂では、上海市内では、この戦場で死んだ兵隊の倍の数の市民がすでに亡くなったとか」

「それでも控えめな数字だろうな。上海だけで、街から脱出し損ねた市民が二〇〇万かそこいらは死ぬはずだ。程《チェン》中尉！　軍神を起こせ！　仕事だと――」

姚は、ドローンを組み立てている情報士官兼、雷炎の副官でもある程帥《シュアイ》中尉に命じた。

雷炎は、脚だけ地面に出すと、恨めしげな視線で二人を見遣り、程中尉が差し出した水筒の水を一口飲んでから立ち上がった。今にも吐きそうな青ざめた顔だった。

「雷炎、SISを知っているな？　二日前、空挺と一緒に降りて来た王凱中佐だ」

「ああ、あの中国版〝ワグネル〟ですね」

と少し軽蔑の眼差しが入った顔で応じた。

「われわれは、ロシアのワグネルほど残忍でも無能でも無い。彼らはただの反面教師ですよ。軍神雷炎にお目に掛かれて光栄です」

「貴方がたがそれなりに優秀だと言うなら、われわれが敵の罠に嵌められたことにはもう気付いていますよね？」

「わかっているつもりです。台湾軍には、明確な意図と意志があった。ここ桃園を手薄に見せかけ、解放軍部隊を桃園の攻略に集中させて時間稼ぎした。われわれはそれに気付かず、貴重な上陸兵力を減らす羽目になった。まんまとしてやられた。しかし、他にどうしろと？　今更台中に居座ったところで、戦況の好転があったとは思えない」

「戦争が終わるまで、どこかに隠れて持久すれば良かったんですよ。空挺降下では半数の兵士が空中で死んだ。皆さんはせっかく生き延びたのに……」

王中佐は、どう返事して良いかわからずに、姚の顔を見遣った。

「雷炎、手加減しろ。どう反応して良いかわからない顔をしているじゃないか？　中佐、彼はこういう男だが、これまで結果を出して来たことも事実だ。東沙島でも淡水でも、部隊が危うく全滅する所を救った」

「陽明山で、どれだけの味方を犠牲にして主力を脱出させたのかも説明した方が良いでしょう」

　近くで砲撃音が聞こえてくる。敵味方入り乱れた砲撃音で、煙幕弾の発射音も混じっていた。

　程中尉が、クアッドコプターの小型の偵察ドローンを発進させた。

「さっき自衛隊とすれ違ったが、規模はどのくらいだ？」

「即応機動連隊という奴ですね。規模としては、われわれの一個大隊にも遠く及びません。数えたところでは、一〇五ミリ砲搭載のＭＣＶ、戦車擬《もど》きがほんの一二両でした」

「では、問題はないな。われわれはたぶん二〇〇両以上の装甲車両を陸揚げ出来たはずだ。戦車が何両か正確なところはわからないが」

「車両が十分なら、空港を無視して三峡《サンシー》突破に賭ける手もあります。三峡は内陸部なので、もっと手前で台北へ出た方が良いでしょうが」

「どうだ？　雷炎？」

　だが問われた雷炎は、猛士の隣に立ち、タブレット端末を覗き込んでいた。

「たかだか一二両の戦車擬きですか？　それにしては手間取っているようですが……」

　ドローンが、道路上で立ち往生している車両を上空から映し出していた。

　そのほとんどから煙が上がっている。白煙あり黒煙あり、中には、オレンジ色の炎を派手に吹き出しているものもいる。そして、まだ無事な装甲車両が、脱出しようと足掻いていたが、次々と砲撃を喰らって擱座《かくざ》していった。

　最終的には、姚提督が端末を覗き込んだ瞬間から六〇秒以内に、その場でまごついていた全車両が擱座した。車両から逃げ出した兵士らが走って戻ってくる。

「場所はどこだ?」

「空港滑走路北西付近です。ここから五キロは離れていますね」

と程中尉が報告した。

「これは、戦術で言うところのキル・ゾーンという奴ですね。誘《おび》き出されて迷い込んだ所を四方八方から殴られて全滅した」

旅団参謀長の万仰東《ワンヤントン》大佐が息を切らせて駆け込んで来た。ポンチョもなしで、上半身は真っ赤だった。

「その血はどうした?」

「自分のじゃありません! ポンチョを担架代わりに使ったので。砲撃音が聞こえましたが、あれは北に向かった連中ですか?」

「そうだ。たぶん全滅だ」

「こちらもです。滑走路南側で歩兵の展開を待てと厳命したのに、迂闊な連中が敵の歩兵を追って前進、道路の両側から挟撃されてあっというまに戦車二両が屠《ほふ》られました」

「皆、命からがら上陸できて興奮状態だろう。緒戦の混乱としてはこんなものだと思うぞ。車両を伴っての作戦はこれが初めてになる。もう少し手綱をきつく締めておくべきだったな」

姚は、王中佐を参謀長に紹介して作戦を練った。

「その、自衛隊の戦車擬きがたったの一二両しかいないという事実をどう判断すべきだと思う? 後続は本当にいないのか?」

「無線も回復しつつあるし、もし後続の車両部隊が現れれば、すぐ報せが来ます。そのMCVに随伴する前世紀の装輪装甲車をどう評価するかはありますが、あれは原則として、対戦車ミサイルの類いは装備していない。装甲も紙です。軽機関銃で抜ける」

「その一二両全てで空港を守っているとしても、空港を奪わないという手は無いでしょう。こちらの戦車の数はたぶん三倍はあるし、命令も、まず空港奪取に全力を尽くせ！　です。攻略目標をひとつでも達成出来れば、士気も上がるでしょう」

と万大佐が主張した。

「戦車擬きとは言え、最新鋭だろう？　タイヤは路面しか走れないと言っても、この冠水状態の地面では、こちらの戦車も路面しか走れないぞ。耕作地を突っ切って、敵の背後に回り込むという戦術は取れない。雷炎、意見を述べよ？」

「罠ですよ。全部、罠です。空港目前で敵の戦車はたったの一二両と見せかけて、いかにも簡単に抜けそうな錯覚を与えるだけ」

「ではこのまま空港を横目に見つつ三峡へと向かうか？　あるいは一本手前の幹線道路を台北へ」

「山越えは、暗くなってからになります。双方、暗視装置を使っても、一番目立つのは歩兵では無く戦車だ。つまり、どの道、夜間の戦闘では、戦車は目立つ。自分としては、せっかくこういう巨大な倉庫があちこちにあるのだから、明日の朝まで車両はそこに隠して置くことを勧めますね。どうしても空港攻略に拘るなら、夜間は歩兵同士で睨み合う程度に留めて、夜明けとともに戦車を投入して仕掛けることを提案します」

「完全な日没までまだ二時間かそこいらはあるだろう。敵の増援が来る前に決着を付けるべきだ」

と万大佐が反対した。

「決着が付かなかったら、われわれは明日の朝、海岸線まで追い詰められて、野砲なり、爆撃なりで全滅する羽目になる」

「たった一二両か……、たった一二両の戦車擬き……。王中佐の意見は？」

「〝ケルベロス〟がいます。われわれは二〇体受け取りましたが？」

「ああ、たぶん、無事ならどこかに降りたはずだ。あと四、五〇体はな」

「明るい内に、戦車擬きを少しでも減らして、暗くなったらケルベロスを出して敵歩兵を翻弄しましょう。前夜の戦闘情報をフィードバックしてパッチを当て、ある程度改善されたと聞きますし」

「雷炎、それで手を打たないか？」

「台北から増援が来たら、全てはご破算になりますよ」

「私は来ない方に賭けるね。彼らは台北防衛にしか関心はないだろう。だから少年兵も置き去りにされている」

　雷炎は不承不承という顔で頷いた。

「参謀長も賛成なさるなら、三対一だ。自分が反対しても仕方無い。でも、空港を制圧してどうします？　今ですら滑走路は孔だらけ。しかもショベルカーで掘った塹壕が横切っている。航空優勢も無く、われわれが空港に立て籠もっても、砲撃で全滅するだけだ」

「まあ、総統府が、この空の玄関口を廃墟と化す覚悟があるならそうするだろうが、それは制圧してから考えよう。桃園空港制圧は、人民を勇気づける」

「疫病でそれどころじゃない人民がそれを聞いたとて、第4梯団の作戦があるとは思えません。何もかも無駄だ」

「時間は掛かるだろう。三日とか、あるいは一週間とか。だが、台湾軍だって、そう兵士の命を無駄には出来ないだろう。われわれは増援が来るまで持ち堪えてみせるさ。では決まりだ。王中佐、援護と、台北方面の監視をよろしく頼むぞ」

「お任せを！――」

　王中佐がバイクで走り去って行くと、雷炎は、

「私のもう一つの作戦を聞いて頂けますか？」と姚提督と万大佐に話しかけた。

「君から進んで作戦提案とは珍しいな」

「次善の策、あるいは、撤退戦と言っても良い。ただし、上手く行けば時間稼ぎできます。一つだけ、運用上の問題がありますが？」

「どんなだ？」

「南海艦隊が新竹に上陸させた部隊の協力が必要になります」

「それはまた特大級の難題だな」

「はい、しかし、必要不可欠な作戦です」

「良いだろう。聞こうじゃないか。備える必要があるなら準備もしよう」

「新竹の状況はまだ全くわからないぞ。通信は直に回復するだろうが……」

　と万大佐が疑問を呈した。

「あの辺りの戦いは優勢に進めていた。日本の水機団は、台中の攻略に集中して大部隊はいない。新竹にはほぼ無傷の戦力が展開しているはずです。あれを使わない手は無いでしょう」

「新竹の部隊と一緒に台北を攻めるのか？」

　と万大佐が。

「いえ。そんな虫のいい話は考えていません。われわれが押された時のための、あくまでも防衛策です」

「使えるなら、進撃させれば良いだろう？」

「たとえば、仮に四〇〇両の装甲部隊が、台北へ向けて高速なり下の道を走れたとしても、空から爆撃を受けるだけです。三峡にすら辿り着ける戦車はいないでしょう。それより、もっと現実的な作戦です。聞くんじゃなかったというほどの……」

「文句は言わんさ。手札は多いに越したことはないし、指揮官は先々の出来事に備える義務がある。

だろう？　参謀長」

「二分で説明してくれ！」

　雷炎は、紙の地図を求めた。新竹の状況はまるでわからないが、雷炎は、「無傷な戦力」とは言ってみたものの、あちらの上陸部隊が自分たちよりましな状況だなどとは少しも考えていなかった。あちらはあちらで、たぶん山のような障害を抱えて右往左往しているはずだった。


　桃園に上陸した解放軍部隊は知るよしも無かったが、そこからほんの四〇キロ南の新竹に上陸した解放軍部隊は、もっと酷い目に遭っていた。いないはずの敵機甲部隊がいたというか、現れたのだ。

　台中市攻略を早々と切り上げた陸上自衛隊水陸機動団の戦車部隊が危機一髪で間に合い、新竹に展開していた台湾軍と、自衛隊部隊を救っていた。

　10式戦車からなる西部方面戦車隊は、すでに上陸した敵戦車の掃討へと移っていた。遭遇戦は終わり、ドローンによる真上からの迫撃弾投下で三両の戦車を失っていたが、敵戦車と撃ち合っての損失はまだ無かった。

　敵は、この辺りに戦車が展開していることを予想していなかったのだ。

　陸上自衛隊第一空挺団第四〇三本部管理中隊、その実特殊作戦群隷下の特殊部隊〝サイレント・コア〟を率いる土門康平《どもんこうへい》陸将補は、今は、水陸機動団の仮団長としても行動している。そして、ここ台湾にいる全陸自部隊の指揮官でもあった。

　土門は、新竹市のサイエンスパーク、粒子加速器の巨大な建物が近い交通《ジアオトン》大学の森の中にいた。戦場は、ここから三キロ近く西側の新竹駅周辺の市街地だ。そこで水機団と戦車部隊が戦っている。

そこからさらに西側には、解放軍が占領する新竹空軍基地がある。一時期ここから撃たれる迫撃砲弾で、サイレント・コアが指揮する台湾軍独立愚連隊は身動きが取れなくなったが、こちらの随伴野砲で叩き潰した。

今は、空港に立て籠もる残存兵部隊に使者を送り、投降を呼びかけている所だった。投降しなければ、その全施設を野砲で更地にすると警告してあった。

敵は、降伏はせず、ただ基地を放棄して街中へと討って出た。一個中隊規模で、すでに包囲陣形を取っていた水機団と独立愚連隊の餌食になった。一部は、川を渡って竹北市側への脱出に成功したようだが、向こうにも郷土防衛隊が待ち構えていた。日没前に全滅するだろうと思われた。

あとは、この市街地での殴り合いと、東の山手へと逃げた連中のみだ。こちらも半導体工場があって、その施設に傷を付けずに掃討をやり抜く必要があった。

部隊を率いる土門陸将補は、連結使用型指揮通信車・通称〝メグ〟&〝ジョー〟の指揮通信車〝メグ〟の指揮管制コンソールで、スキャン・イーグルが送って遣す映像を見下ろしていた。

一時はどうなるかと思った。ただの雨ではない。ありとあらゆる通信を途絶させる雨で、ドローンも飛ばせなくなった。部隊間通信も、ウォーキートーキーの類いまで通じなくなったのだ。

今はこうして、敵の車両全てを鳥の目で見下ろすことが出来る。味方の戦車に、敵の居場所を教えることが出来るのだ。敵もドローンを飛ばしてはいたが、その数は確実に減っていた。

敵の通信センターがどこに設置されているのかを突き止める作業が続いていた。

「通信環境、ほぼ完全に復活しました。衛星通信、歩兵とのインカムも全て正常に機能しています」

姜《かん》小隊の通信関係を指揮するリベットこと井伊《いい》翔《かける》一曹が報告する。

メインのスクリーン上に、展開するサイレント・コア二個小隊のコマンド一人一人の位置情報が表示されていた。

「ひとまず、敵の機甲部隊に関しては、日没前に決着が付きそうですね」

台湾陸軍のオブザーバーとして派遣されている第10軍団作戦参謀次長の頼若英《ライルオイン》中佐がほっとした顔で土門に話しかけた。

「そう願うけどね……」

「兵貴神速のお手本を見せた土門将軍の慧眼のお陰です。われわれはそれで救われた」

「非武装都市宣言した台中市攻略をわれわれにやらせようとしていた軍団長は、その意見に同意しないだろうね」

「良いんですよ。あんな無責任な連中は……」

市街戦は、敵味方があまりに接近しすぎていて、対戦車ミサイルの出番は減っていた。その至近距離で撃っても、安全装置が機能して弾頭が爆発しないのだ。その代わりに、AT‐4CSロケット弾が活躍していた。

味方が戦車の前に飛び出して誘い出した所を、横腹を狙って対戦車ロケット弾を撃ち込む。昔ながらの囮戦術だった。

市街地の至る所で、戦車や装甲車が擱座していた。その様子が、手に取るように見える。

原田《はらだ》小隊を率いる原田拓海《はらだたくみ》一尉がハッチを開けて乗り込んでくると、土門は、部隊ナンバー2の姜彩夏《かんあやか》三佐を連れて、最先頭の指揮官用ソファへと移動した。

衛生士官でもある原田の全身から、血と消毒薬の臭いが漂ってくる。

YACHIYO

「状況はどうだ？」

「味方の負傷者は明らかに減っています。担ぎ込まれてくるのは、もっぱら解放軍兵士ですね。ただ、水機団は、駅の近くに野戦病院を開設するらしいので、今後はそちらで引き受けてもらえるでしょう。防衛医官もいらっしゃるようだし」

「君が本来の任務に戻れるのであれば結構なことだ」

「自分がいなくとも、ガルがいてくれますから」

「君は今、大隊長だろう？　独立愚連隊を率いている」

「それは司馬《しば》さんの仕事だと理解していましたが」

「彼女はどこに？」

「居住車両の〝ジョー〟でお休みのはずです。戦争が終わるまで起こすなとのことでした」

「それで、何から話せばいいんだっけ……」

「頼筱喬《ライシャオチャオ》の件です」

と姜三佐が促した。

「君は台北でも会っているよね？」

「はい。御世話になりました。ホットミールの差し入れなどして貰いまして」

「捕虜になったらしい……」

「はあ？　台北でですか？」

「いや。名寄《なよろ》の即機連とともに、桃園へと向かった。通訳としてな。それで、医療班の真似事をして前線に出たら、解放軍に包囲されて、海兵隊の新米少尉殿と二人で捕虜になったらしい」

「それ、司馬さんはご存じなんですか？」

「いや、知らない。自衛隊の通訳になったことを含めてな」

「なんで自分に話すんですか？　巻き込まれるのはご免ですよ」

原田は思いきり顔に出して抗議した。

「だからさ、私だって知らなきゃそれで済んだんだが、即機連と映像回線が繋がった時、連隊長の後ろに立ってんだもん……。一言、気を付けろくらい言わないわけにいかないだろう」

「この話、これ以上、自分が聞く必要がありますか？」

「海兵隊は、可能なら奪還作戦を敢行するということだが、現状では全く不可能だろう。桃園に展開している味方戦車は、たった一二両のMCVだけだ。キドセン一二両で、ここに上陸してきた敵と同じ規模の機甲部隊を撃退しなきゃならない」

「台北から目と鼻の先じゃないですか？　どうして増援が出ないのですか？」

「台湾側が、ようやく作戦だったことを認めてきたよ。〝万華鏡作戦《カレイドスコープ》〟だそうだ。わざと寡兵であることを敵に見せつけ、桃園に誘き出して無駄弾を撃たせる作戦だったたと」

「冗談でしょう！　あそこを守っているのは事実として郷土防衛隊で、多くの地元民も立て籠もっていた。コンビニには日本人スタッフまでいて何度も死にかけたんですよ？」

「あまり知られていないが、ウクライナでも採用された戦術だ。敵を殲滅するだけの戦力はないが、敵が来る場所がわかっていれば、それなりの備えは出来る。敵は、自分たちが弄ばれていることにも気付かず、何度も攻略を試み、その度に戦力を削られる。で、何だっけ……。で、ここ新竹は、機甲部隊も野砲部隊もいる。台湾の正規軍も間もなく建て直すだろう。われわれがここに踏み留まる必要性は無くなった。どちらかに桃園へと向かってほしいわけだが、君は、数日、桃園に留まって、多少なりとも、あの辺りの地理を知っているし、郷土防衛隊の指揮官とも知り合った。疲労度で言えば、君の部隊にはそろそろ休みが必要だと思うが、独立愚連隊を率いて至急戻ってくれ。もし、捕虜の居場所がわかれば、奪還作戦を行ってくれ」

「あの人はどうするんですか？　そもそも、あの人には秘密なわけですよね？」

「戦争が終わるまで起こすなと言われたんだろう？　置いていけば良い」

「独立愚連隊は、司馬さんに忠誠を誓っているんです。彼女が飛ばす檄なしには、戦力は半減しますよ？」

「君、彼女に隠し通せる自信はある？」

「そもそも、桃園に向かったら、それどころではなくなるでしょう。今度こそ、空港に留まる日本人五人を連れ帰ります」

「桃園までちゃんと付いていけるかわからないが、戦車を少し随伴させる。日没前に部隊を纏めて出発してくれ」

そして、姜三佐に向かって告げた。「あのさ、あの人を起こしてきてくれる？　理由は、桃園が危ないからというだけで良い」

「え？　それは、私に命令なさるんですか？」

と姜三佐が口を尖らせた。

「別に龍の首に鈴を付けて来いと命じているわけじゃない。いいじゃないか、その程度のことは……」

「頼中佐にお願いしてはどうでしょうか？　桃園救援の話ですし」

「そこまで言うか？　命令だ！——」

「自分は、では出発準備をしてきます。王《ワン》少佐にも黙っておくんですね？」と原田が確認した。

「君はどう思う？」

「黙っていた方が良いと思います。あのお二人、良い雰囲気でしたから、彼女が捕虜になったと知ったら、王少佐が日頃の冷静さを失う恐れがあります」

「わかった。それで良い。さあ行った行った！」

二人が〝メグ〟を降りると、土門は、リベットの背後に立った。

「とにかくさ、敵がドローンを運用している基地がどこかにあるはずだ。たぶん市街地のどこかだ。電波探知でその場所を暴いて、潰さないと話にならないぞ。勝てる戦も勝てなくなる」

「ガルと、いろいろ作戦を練っている所です。時間的な約束はできませんが、結果は出せるつもりです」

リベットは、現在探知している、解放軍のMANETの状況をスクリーンに出した。まさにモザイクだった。数十個の無線中継器がまだ動いている。これでは、どこがハブになっているのか突き止めようも無い。もともとハブを持たずに、その拠点を偽装できるのがMANETたる所以でもある。

だが、絶対に潰す必要があった。暗くなれば、なおドローンを探すのは困難になる。味方の頭上に突然、迫撃砲弾が落ちてくる事態は避けたかった。

北海道最北の陸自部隊、名寄《第三即応機動連隊》の幹部連中は、自分たちが中国軍部隊相手に戦っていることが今でも信じられなかった。

この一〇年、陸自にとっての仮想敵国はロシアではなく中国だった。冷戦時代、陸自の最前線部隊だった名寄は、後方部隊へと格下げされていた。何度も駐屯地廃止の噂が流れたほどだった。

ロシアがウクライナに侵攻した時は驚きもしたし、またここが最前線になると一瞬身構えもしたが、ロシアは酷い戦争を仕掛けて自滅を繰り返した。向こう一〇年は立ち上がれないほどロシア軍は弱体化した。

そのせいもあって、最も後方にいた彼らが、台北へ投入されることになった。もともと、即応機動連隊の名の通り、西方で一旦緩急あれば、すぐ駆けつけるための部隊である。

そのため、主力武器である16式機動戦闘車は、履帯ではなくタイヤを履いた戦車だった。その気になれば、鉄道でも運べるし、自力で九州まで走れる。戦車でそれは無理だった。

一二両のMCVとその乗員は、まだ無傷だった。奇跡的に無事だった。負傷者は出していたが、もっぱら、台湾軍海兵隊が盾となり、被害を引き受けてくれた。敵を釣り出すのも彼らの仕事だ。

自分たちは滅多に動かず、一〇五ミリ砲を叩き込む。解放軍が上陸させた15式軽戦車は楔形の増加装甲を持つ。一発では倒せないことが多いとわかったが、少なくとも敵が反応して撃ってくる前に、二発目を撃ち、あるいは歩兵がロケット弾を撃って、数発で撃破していた。むしろ、05式水陸両用戦車の方がやっかいだった。

路面だけでなく、平気で堀や池を越え、味方の背後に突然現れる。搭載砲も一〇五ミリだ。

だが、自分らはまだ無事だった。そのことが大事だ。無線が使えるようになってから、随伴する迫撃砲部隊も、良い仕事をしてくれた。足止めした敵の背後へ向けて、一二〇ミリ迫撃砲弾を叩き込んでいた。

それで、敵の隊列を崩すことが出来ていた。だが、敵はやがて学び、無闇な突撃は止めた。三〇分ほどで静けさが戻ってきた。

連隊長の堤宗道《つつみむねみち》一佐は、桃園空港北西端の、15号線が東へと大きくカーブする場所の一本空港側の道にいた。そこはほとんど隘路と言って良かった。

　戦車が走れるには走れるが、細い道沿いに三階建ての住居が建ち並ぶ。視界は悪く、待ち伏せ攻撃には持って来いだ。

　堤は、三階建てビルの屋根に立っていた。キル・ゾーンを設定したカーブ上に擱座する敵車両が何台か見渡せる。

　だが、視界は良いわけではない。ここは南洋で、植物はあっという間に成長して群生する。畑の類いはあるにはあったが、日本の都市部の畑のように狭い。

　戦車の類いはもとより、歩兵ですらそのジャングルの突破は無理そうだった。幹線道路のほとんどが、そういうジャングルを突っ切って走っている。側道は僅かで、そこにはもちろん台湾軍兵士が潜んでいる。

　堤の横では、目視照準用ヘルメットを被り、コントローラーを持った班長が腹ばいになって、空を見上げていた。

　その建物近くの畑のあぜ道に、93式近距離地対空誘導弾が一台止まっていた。電線があちこち張ってあったが、射撃の邪魔になるので切らせてもらった。

「本当に良いんですね？」と班長が尋ねた。

「当たり前だ。そもそも敵の航空機はもうここまで飛んでこれない。飛んでいるのはドローンのみだ。見つけ次第、容赦無く叩き墜せ。ミサイルの補充なんざいくらでも可能だが、リアルタイム情報の補充は出来ない」

　班長が首を上げると、誘導弾のキャニスターも同じく首を上げて南西の空へと向いた。

　轟音を発してミサイルが発射されると、まっすぐドローンへと向かって行く。熱風が見舞う寸前、堤は腕で顔面を覆った。そのせいで命中の場面を見逃した。

「命中です！――」

「よくやった。その調子で頼む。ただし、敵味方はちゃんと区別してくれよ。敵味方識別装置を装備していないドローンも飛んでいる。だが、疑わしいと思ったら撃ち落として構わない」

正直、こんな三〇年以上昔の地対空ミサイル・システムで、熱反応が無いドローンを撃ち落とさせるとは意外だった。もっともそれ以前に、コスパは最悪だったが。ドローンは、軍用といえどもたかだか数十万数百万円だが、ミサイル一発は、国産とは言え、たぶん一千万円はする。それでも、ドローンは撃墜する必要があったが。オモチャ屋で買えるレベルのドローン一機が、ある意味、戦車より脅威だった。

味方のドローン操縦者には、もし敵のドローンを発見したら、迷わず追跡してドローンをぶつけて叩き墜せと命じていた。

地面に降りると、15号線からの側道を軽装甲機動車が一台走ってくる。助手席から、機動戦闘車中隊長の山崎《やまさき》薫《かおる》三佐が降りてきた。

「部隊を下がらせています！　迫撃砲の反撃に備えて」

「了解。戦果は？」

「軽戦車三両、水陸両用戦車四両。装軌装甲車四両を撃破。こちらに被弾はナシ！　二名負傷です。南の部隊にも損害はなしです」

「ただのビギナーズラックでないことを祈るよ」

「海兵隊兵士が捨て身の陽動で頑張ってくれたお陰です。彼ら、戦車との諸兵科連合に慣れてますね。M72LAWで敵の注意を引いている間に撃てたこともあった。あっちは何人か戦死したはずです」

「これだけ交錯するんじゃ、そりゃ捕虜も出るよな。あの娘さんが無事だと良いが……。いったん指揮所へ集合だ」

　堤も、自分の軽装甲機動車に乗り込んだ。

　桃園国際空港北西端の整備場エリアに近い竹《チュー》圍《ウェイ》分隊消防署の建て屋に指揮所はあった。規模としては、首都圏の消防署に近い。空港沿いにある消防署だが、空港ではなく隣接する街の消防が任務だ。

　そこは、台湾軍海兵隊の指揮所より敵に近かった。

　この戦争が始まって以来、消防車は空港の東側で集中運用されていた。燃料も僅かで、ここには二台の消防車があるだけだ。自衛隊は燃料車も持参していたので、分けてやることにした。

　もともと、海兵隊と郷土防衛隊が、空港西側防御の指揮所として利用していたが、即機連も一晩、間借りすることになった。消防署なので、五階建て相当の鐘楼が建っている。この辺りの構造は、たぶん日本の消防署を真似たのだろう。

　その鐘楼には、狙撃兵が配置されている。

　消防署の隣には、何かの小さな倉庫があり、82式指揮通信車が隠されていた。そこから電源ケーブルが消防署の中に引き込まれていた。

　二階フロアに指揮所が立ち上がっていた。足下はまだ水浸しで、階段を滝のように水が流れ落ちていく。攻撃に備えて、窓ガラスは全て外してあった。だが、室内の壁のあちこちに、すでに銃痕があった。建物自体の高さは知れていたが、やはり鐘楼は目立つのだろう。

　山崎は、そこで、キル・ゾーンでの攻撃の様子を撮影したドローンの映像をタブレット端末でみんなに見せてやった。

　隊列を組んで進んできた機甲部隊が、五分も掛からず、十字砲火を浴びて火だるまになっていく。

「これ、なんで戦車だけで突っ込んで来たんだろうね……。道路の構造的に、敵がここで待ち構えていることは誰だってわかりそうなものだが」

堤は首を傾げた。ウクライナの戦場と同じことがここでも起こっていた。壁に、手書きの白地図が掛けられていた。

「作戦幕僚、説明してくれるかな？　副連隊長の第二指揮所は立ち上がった？」

と堤は作戦幕僚の長谷部《はせべ》弘《ひろし》三佐に尋ねた。

「はい。一〇分前、空港第２ターミナル内に設営したとの報告がありました。

これは、台湾軍海兵隊が立てた作戦です。空港の西側に沿って走る15号線を、絶対防衛線として戦います。われわれがいる消防署はここ……。ここから五〇〇メートルほど南に、細い川が流れています。川というか、地図上ではここは〝溝〟と表記されているのですが、普段の水量は僅か。踝《くるぶし》程度の水がちょろちょろ流れているだけです。基本的には、空港の中を走る排水路の水が流れてくるだけです。もちろん今は増水していますが。この川は15号線を渡って、最終的に、海へと流れるわけですが、われわれ陸自は、この川の北東側に防衛ラインを敷いて、川を渡らせないように努めます。そうすることで、空港の安全を確保します。川の西側は、ご覧の通り、地雷原のマークがぽつぽつあります。台湾側に、もっと詳細な地図を求めています」

「キドセンはどう配置する？」

「台湾側にも戦車は必要ですから、空港南側に二個小隊六両の展開を進言します」

「山崎さん、それで良い？」

「本来なら、三個小隊を正面に貼り付けて、二個小隊を予備としたいところですが、三両のおまけも貰ったことだし、貢献は必要ですね。敵もそう迂闊には出て来ないでしょうし、対戦車火器はたんまりある。キドセンは斬り込み役として運用することにして手を打ちましょう。こんなことなら、キドセン、もう一個中隊遣せ、くらい言っても良かったのでは？」

「言ったんだけどねぇ……。それにしても理解できないな。総統府は本当に援軍は遣さないつもりなのかな。暗くなったら、歩兵が出てくる。無理にもジャングルを突破して仕掛けてくるだろう。では、この小川沿いに防衛線を構築する。ざっくり三キロの長さか……。一番、守り辛いのはどこだ？」

「この、15号線を渡った直後ですね。拓けた耕作地帯の中を川が流れます。田畑には障害物がほとんどなく、戦車向きの地形です。うちのキドセンは、自由には走れない。配置場所が限られます。そして歩兵が身を隠す場所も限られる」

「今は、敵はこの辺りを自由に往来しているわけだよね？　とりわけ海沿いは。まずは、その往来を遮断しよう。海側から部隊を配置してくれ。しかし、いかにも手数が少ないな……。この広いエリアは、迫撃砲で圧迫することにしよう。空港反対側からでもそこまで三キロ前後か。81ミリでも届くだろう。いずれにせよ、ここが殴り合いの焦点になるだろうな。ドローンの動画は、本国に送り、台湾側にも渡してくれ。本国の政治家は喜ぶだろう。緒戦は、ビギナーズ・ラックだ。引き締めて行こう！」

敵の歩兵は、暗視装置の個人装備があるだろうか？　と堤は思った。自分たちには無い。水機団はそういう装備を持っていたが、一般部隊には全員に行き渡るような暗視装置やサプレッサーは無いのだ。せいぜい分隊長に一個ある程度だ。

持参した照明弾の数は知れている。台湾軍も個人装備としての暗視装置はないようだった。彼らが、それなりの数の照明弾を持っていることを祈るしかなかった。

夕暮れはそこまで迫っていた。

第二章　台北101

程帥《チェンシュアイ》中尉が、出撃させるドローンを用意している隣で、雷炎《レイイエン》大佐は、新竹上陸部隊の情報を漁っていた。

本国との通信はすでに回復している。本国からは、もちろん「作戦は全て順調に進行中！」という、役人が書いたような当たり障りの無い情報しか届かない。

だが、中隊用無線機が、新竹で交わされている友軍の通信を時々捉えていた。戦車が次々と攻撃を受け、随伴する歩兵部隊も総崩れ状態だった。

敵の戦車、自衛隊の戦車……と言っている。肉声の通信は、ほとんど悲鳴に近かった。

「あり得ないだろう？……」

と姚彦《ヤオイエン》少将が腕組みして首を振った。

「その自衛隊の戦車はどこから現れたんだ？　台北にはいない。水機団は確か、台中市包囲に参加していたはずだが、上陸後に敵が動いたとしたら、とても間に合う距離では無いだろう」

「上陸後ではなく、この〝雷神《レイシエン》作戦〟の開始と同時に移動を開始したとしたら？」

雷炎は、事実として敵はそう動いたのだと判断した。

「戦車だぞ？　装輪部隊なら、われわれが遭遇しているような状況もあったかも知れないが、戦車でほんの二、三時間で移動したことになる」

「それをやってのけたということでしょう。あの自衛隊の10式という戦車は、軽戦車の部類に入る。軽ければ、それだけ走れる。空挺部隊は、昨日の時点でかなり押されていた。あちらの第3梯団は、すでに組織的抵抗は出来ていないとみて良い」

「なら、君の作戦に協力させるしかないな?」

「あそこから海岸沿いに走っても、いったい何両がここまで辿り着けるかどうか。もはや移動は、数を減らすだけです。それに、敵もおびき寄せることになる。その本物の戦車部隊をね」

「台中にホバーバイク隊が生き延びているようなら、攪乱を要請できると思うが? キックボード部隊も」

「彼らが台中を捨てるならそれも可能でしょうが……」

「では、新竹攻略部隊の脱出案を出せ。どうせ考えているんだろう?」

「無くはないが、成功の可能性は低いですよ。それに、それなりの数の味方をまた囮にすることになる」

「構わん。一〇両でも辿り着ければ戦力になる。君は、新竹部隊は失敗するとわかっていたのか?」

「台中攻略はもう決着が付いている。市内に立て籠もった第2梯団残存兵力は、持久するしかなかった。となれば、自衛隊投入の必要性は薄い。勘の良い指揮官なら、次はどこへ向かうべきか判断するでしょう。それにしても、まるで瞬間移動みたいな早業ですが」

「自衛隊にもそれなりに勘の鋭い軍略家がいるということだろう。隣国から観察していると、随分と人材不足で時代錯誤な軍隊に見えるが……」

「こんな負け戦を仕掛けるほど愚かな軍隊ではな

いでしょう」

砲撃が止んでいた。銃声も聞こえてこない。双方が緒戦を終え、態勢を立て直すためにいったん後退しているのだろう。

こちらの犠牲は甚大だ。命からがら上陸したのに、負傷兵も増えていた。明日の朝、いったいどれだけの兵隊が生きているだろうかと雷炎は思った。

台北攻略はどう考えても無理だ。一〇万、いやひょっとしたら二〇万の軍隊が要塞化した台北市を守っている。自分らが、たとえ無傷で上陸に成功できたとしても、もはや制圧は望めない戦力だった。

新兵集団からなる独立愚連隊が参集して出発準備を整えている中、原田一尉は、小隊システム担当のガルこと待田晴郎《まちだはるお》一曹に、狙撃手の田口《たぐち》と比嘉《ひが》を呼ぶよう密かに命じた。

待田から合図があると、「外の様子を見てくる」と指揮車〝ベス〟を降りた。大学構内の林の影に、土門から預けられたブッシュマスター装輪装甲車が一両止まっている。指揮車仕様に改良された装甲車だった。

後部から乗り込むと、リザードこと田口芯太《しんた》二曹とヤンバルこと比嘉博実《ひろみ》三曹は、エナジーバーを囓っていた。

「ご苦労！――」

と原田は、横向きのシートに座った。

「シグナル、消してある？」と待田に問うた。

「問題ありません。スクリーン上では、リザードもヤンバルも、ここから二〇〇メートルは離れた観光バスに乗っていることになっています」

「助かる。それで……、厄介な問題が生じている。

自分たちが桃園に引き返すのは、事実として、即機連を援護するためだが、もう一つ裏の任務がある。頼筱喬《ライシャオチャオ》さんが捕虜になったらしい」

「何それ！　信じらんない！　何で俺たちを巻き込むんですか？」

　と比嘉が大声で抗議した。

「そりゃ、そういう反応になるよねぇ……」

　と原田はため息を漏らした。

「自分もさ、隊長にまんま同じ態度を取ったから」

「今すぐあの人の前に出て事実を話して、われわれは関係無い！　知らなかったと弁解しとくべきですよ。人の命に関わる！　俺ら殺されますよ？」

「だから、気付かれる前に、彼女を探し出して奪還する。無事に。五体満足なまま」

「居場所とかわかっているんですか？」

　と待田が聞いた。

「わかっていることは、即機連の通訳として桃園に入り、衛生兵擬きの真似をしていたら敵に包囲されて、海兵隊の少尉さんと一緒に捕虜になったらしいということだけだ。その捕虜になった場面を、少尉の部下らが見ていた。だから生きて捕まったことは間違い無い。海兵隊は、奪還すると言っているらしいが、たぶんそんな余裕は無い。どうすれば良い？」

「あの人に土下座！　それ一択でしょうに」

「それは無しだ。万一、大陸へと連れ去られたら、感染して病死する羽目になるかも知れないし」

「陽明山を襲った部隊ですよね？　彼ら、捕虜は取らなかった。そんな余裕はないから、捕虜は後ろ手に縛る程度で放り出して前進した。そんなに酷い扱いは受けないでしょうが、まずは、情報を集めて、捕虜が集められた場所を特定する必要がありますね」

と待田が冷静に言った。

「海兵隊や即機連も、解放軍兵士を捕虜に取るでしょうから、彼らから情報を取る手もある。あるいはこちらが収容した負傷兵から」

「時間が掛かりそうだ」

「そこは仕方無いですね。ドローンで熱反応を探って、ある程度の人数が固まって居る場所を特定することは出来るでしょうが」

「なんで俺たちが巻き込まれたんですか？」と比嘉が更に文句を言った。

「君らは狙撃兵だ。いつも主力部隊から離れて単独行動している。あの人の不審を招かずに奪還チームを編成して密かに動けるだろう。それが理由だ」

「そりゃ、あの娘が作った小籠包は美味しかったですけどね、優先することとですか？」

「いや、優先はしない。だけど、自衛隊の通訳として任務遂行中に捕虜になったとなると、その結果責任を負うのは自衛隊だよね？」

「じゃあ、捕虜奪還は即機連の仕事じゃないですか？」

「あの小籠包は……、要はあの人のお店の味だから、俺ら美味しく食べたんだろう？」

田口がどうでも良い話を振ったあと、思い付いたアイディアを口にした。

「あと、こういうのもありです。ちょっと強引だが、こちらから捕虜を取りに行くという手もある。片っ端から味方捕虜の居場所を尋問する。逆に、信号発信機を持たせた味方の兵隊を投降させて追跡し、捕虜の溜まり場を探る。あるいは、敵の大将の居場所を突き止め、急襲捕縛し、人質交換を申し出るとか」

「それらも選択肢の一つとして頭に入れておこう。

自分はさ、大隊長として、即機連援護に集中しなきゃならない」

「台湾陸軍のベテラン兵にも相談してみます。何とかしましょう」

「なんでこんなこと安請け合いすんですか?」

と比嘉が田口に文句を言った。

「状況からして、大人数じゃ動けないだろう。それに、敵陣に潜入して引っ掻き回すのは狙撃兵のスキルの一つだ。出来ませんとは言えない。そもそも、俺たちはみんなあの人になにかしらの恩義がある。その人にとって実の娘のような存在を救出するのは当たり前だろう? 別に迷うような話じゃない。俺は優先任務だと思うぞ」

「リザード、そう言ってもらえると助かるよ。そろそろ引き揚げよう。怪しまれる。私は、隊長の所にいったん顔を出してから〝ベス〟に戻る。お宅らは出発して下さい」

「〝ベス〟に戻って、二人のシグナルをこっそり戻しておきます」

とガルが付け加えた。

「あと、王《ワン》少佐にも内緒で頼む。われわれに同行するかどうか聞いてないいけど」

「そらそうだな。どう見ても、あの二人は出来ているから」

独立愚連隊は、四両の10式戦車の随伴を受けて新竹を出発した。原田自身は、コンテナ型指揮通信車両〝ベス〟に乗り、戦車の前を走った。

速度は出ないが、山側に回り道をしてもせいぜい五、六〇キロの距離だ。二時間もあれば桃園に戻れる。桃園を出て新竹に向かってから、まだ四八時間経過していなかった。だがその一日半、戦いずくめで、まともな睡眠も休息も取れていない。

車列には急ぐなと命じ、愚連隊の兵士たちには、「ほんの二時間でも寝ろ!」と命じてあった。

ひとまず、新竹はどうにか救えた。空軍基地も奪還できた。敵を一掃できたわけではないが、ここからひっくり返される心配はもう無いだろう。ほんの一週間の猛訓練で戦場に出された独立愚連隊も、立派に成果を出した。わずか一日半の戦いで、損耗率一五パーセントというのは洒落にならないかなりの犠牲だが、もともと使い捨て部隊という前提だった。それは俄か兵士たちも理解していた。国を守るというのは、結局はそういうことなのだ。自分の命と引き換えの戦いになる。

田口は、出発直前に、自分が預かっている小隊の二人のベテラン伍長に状況を話した。

こちらから捕虜を確保しに行くのが一番手っ取り早いが、もしそういう、どこかに隠せる無線機があるなら、誰かに持たせてわざと投降させ、合流させるのもありだということになった。

郷土防衛隊の指揮所が設けられた桃園国際空港第2ターミナルの一階ロビーでは、一軒の日本資本のコンビニが営業していた。

ビル自体が自家発電装置で機能しており、ビル内でただひとつ営業しているのが、このコンビニだった。

衛星携帯で、ネット環境も整い無料開放もされている。時折、兵士らがメール・チェックしていく。ロビーの長椅子の充電用電源ソケットもちゃんと生きている。止まっているのは、電力を食うエレベータやエスカレーターなど。もちろん外から注意を引く灯りも無い。

そんな中で、日本から来たコンビニ・スタッフの彼ら彼女らは、兵士に煙草を売り、台北から商品と一緒に運ばれてくる食料他の配給業務も担っていた。

今日も、酷い一日だった……。日本から支援物資を持って駆けつけた日本人スタッフ四人にとって、散々な一日だった。

突然、土砂降りの雨が降り始め、なぜか衛星携帯が使えなくなった。台北の総支社との連絡もとれなくなり、挙げ句に第3梯団の上陸だ。

砲撃音が聞こえる前に、少年烈士団と共に、防空壕代わりの地階フロアへと降りる羽目になった。

そこでも配給の仕事は続けたが、砲撃音が轟く度に、どよめきが起こった。

雨上がりから日没までの間隙を突いて、台北を出た配送車のコンボイが間もなく到着するとのことで、スタッフは店舗へと戻った。

台北総支社からのメッセージが何本が溜まっていた。そこをまとめる女子大生の小町南《こまちみなみ》は、スタッフの無事を報せる短い電話を一本、衛星携帯で総支社に入れた。

「大丈夫か？　退避するか？」と言われるのが面倒で、ただ「全員無事、問題は何もありません！　忙しいので――」とだけ言って切った。

外はもう暗かった。そして、銃声も途絶えていた。

小町らは、新たに到着する荷物のために、店舗前のスペースにモップを掛けていた。兵士たちが、泥だらけのブーツで歩き回るので、酷い有様だった。ガムテープに赤マジックで「禁止进入！」、立ち入り禁止と書いて貼り、その荷物分のスペースを守ることにした。

「外は、静かになりましたね」

小町は、シングルマザーの知念《ちねん》ひとみに話しかけた。

小町は、学費を稼ぐため、知念は、一人娘の修学旅行費用を稼ぐためにこの超高額危険バイトに参加した。

「この戦争、私たちの勝ちよ。敵には火力支援が無い。別れた米兵の旦那から教えられたけれど、ズドーン！　という発砲音で、何が撃たれたかわかるのよ。戦車のは撃った音と命中した音がほとんど同時に聞こえてくる。榴弾砲は、間隔がある。迫撃砲は、砲弾がやたら高く上がるから、さらに砲声と着弾音の間が開く。でも榴弾砲で間隔が短かったら気を付けろ！　それは自分が狙われているってことだからと。味方の迫撃砲は撃たれていたけれど、敵はほとんど戦車でしか撃ち合いしていない。戦争は、リーチがある大砲を持った側が勝つのよ」

同僚の霜山悠輔《しもやまゆうすけ》が、コピー機でプリントした総支社からの最新の命令を持って来た。霜山は就職浪人で、以前バイトしていた縁で会社側からスカウトされた。元アメフト選手で、ここでは手榴弾を投げてみんなの窮地を救ってくれた。

高さ五〇九メートルを誇る台北１０１ビルで、今夜ライトアップ・イベントが行われるので、それに備えよ！　という案内だった。朝から何度か流されていた。

台北１０１が見えるエリア内では、地域住民へ徹底した広報を、見えないエリアでは、写真を送るので、カラープリントの用意をして待機するようにという命令だった。

「ここからは見えないのよね？」と小町は霜山に聞いた。

「それが、台湾人スタッフと、片言の英語で話した所では、見えるという話もあるらしいんです。距離的にはたぶん問題ない。空気の状態とか、あと、この空港からだと、手前に二〇〇メートルほどの山というか、小高い所があるんで、それが障害になるかもしれないと。空港関係者の話では、管制塔からは夜間は見えていたということらしいです」

「ねえ、南ちゃん。東京タワーのイベント、いつのことだったっけ?……。なんだかもう、半年とか、一年以上昔の出来事のような気がするわ……」

と知念がしみじみと言った。ブラックアウトに陥り、停電下、真っ暗闇で暮らす首都圏の住民を励ます目的で、貴重な電源車をかき集めて、東京タワーのライトアップ・イベントが行われた。解放軍潜入部隊による襲撃も受けたが、人々に感動と勇気を与えたイベントとして、世界中で大きく報じられた。

「あれからまだほんの八日です。私もちょっと信じられないですね。ほんの一週間しか経っていないなんて……。当日は、世田谷の店舗で、バイト仲間とちょっと抜け出しました。近くで一箇所だけ、環八の歩道橋から見える所があったんです。でもそこは鈴なりでもう近づけなくて、ところが、近くのガラス張りのビルに反射してたんです。みんなスマホで写真を撮り合っていた」

「あたしは、厚木の店舗にヘルプで入っていて、でもあそこからは普通は見えないのよね。見える場所もあるらしいけれど。娘が友だちとチャリで走って行って、なんだか豆ランプみたいな写真を撮って戻って来たけれど、あんな真っ暗闇の中を出歩くなんて何考えてんのよ! と怒ったわ」

「僕は高尾山から拝みました。大学のアメフトチームの後輩や、ご近所さんたちと暗闇の中を登って。遠くのロウソクを眺めている感じだったけれど、あれは一生ものの感動でしたよ。たぶん一生忘れることはない。きっと、ここからも見えるはずです!」

小町は、その翌日のことを思い出した。コンビニに出かける途中、近所の丘の公園にチャリを走らせた。人垣の後ろから眺めた。民家の屋根の上にぽつんとてっぺんだけが見えた東京タワーの灯りに、亡くした家族を思い出して号泣したのだ。

「五階の最上階なら見えますよね！」

と小町は思い付いた。

「でもあそこ、酷い荒れようよ？　それに流れ弾が飛んで来るから、最上階には上がるなという命令だし」

「建物の東側というか滑走路側は安全ですよね。安全なルートで上って、短時間留まるくらいなら大丈夫でしょう。ごちゃごちゃしている所は、掃除すれば良い！　烈士団の手を借りて。私が郷土防衛隊と交渉してきます。大事なことですよ。人々の記憶に残る」

「そうまで言うなら、反対はしないけど。軍隊がOKするなら良いでしょう。天気は、晴れるみたいだし」

北京語を勉強中の小町は早速行動を起こした。

反対側にある郷土防衛隊の指揮所に顔を出して、部隊を率いる李冠生《リーグワンション》少将に面会を求めた。

李将軍は、たぶん他の人間からの要請なら断っただろうが、ともに修羅場を潜ってきた彼女の要請は無視できなかった。

それに、ブラックアウトした東京で、東京タワーのライトアップ・イベントが地域住民を勇気づけたという事実も知っていた。

兵士に安全なルートを探させるから、それを待って烈士団を連れて上に上がって掃除してくれと命令した。あちこち、銃痕や爆風で窓ガラスが飛散している。それをまず掃除する必要があった。

小町は、下の階でまだ避難している少年烈士団に、掃除用具を持って、上に上がるよう要請した。皆、丸半日、退屈して死にそうな状態だったので、引率教師を含めて二つ返事で身を乗り出してくれた。

だが、戦争自体は、小休止しているわけではなかった。上陸部隊を送り届けた艦隊を追撃するため、台湾空軍が総力を挙げていた。

雲の晴れ間を縫って対艦ミサイルを発射していた。それを護衛するために、航空自衛隊の戦闘機も、大陸との中間地点まで出撃していた。

傷ついた解放軍艦艇が、僚艦や味方の船に曳かれて引き揚げて行く。

南海艦隊所属タイプ052C旅洋Ⅱ型駆逐艦〝西《シー》安《アン》〟（七五〇〇トン）は、最後尾の味方艦を守って速度を落としていた。

五ノットも出ていない。時化はまだ収まらず、艦の動揺が大きくなった。

〝西安〟自身も被弾していたが、作戦行動に支障は無かった。死傷者は出したが、損害は軽微だ。

中国版イージス巡洋艦、〝中華神盾艦〟として、東から押し寄せる敵戦闘機群を抑制していた。

だが、敵は容赦無く対艦ミサイルを撃ってくる。一一二セルもある垂直発射基のミサイル弾庫は、たちまち底を付きかけていた。

艦隊防空任務艦として行動する〝西安〟は、満身創痍で引き揚げてくる味方の艦船を守っていたが、一番力を入れているのは、艦長の銭語堂《チィエンユイタン》大佐の弟・銭国慶《チィエンクゥオチィン》中佐が指揮するタイプ054A江凱Ⅱ型フリゲイト〝南通《ナントン》〟（四〇五〇トン）だった。攻撃を受けて機関推力を失っていた。

今、古ぼけた揚陸艦に曳航させていたが、何しろ速度は出ない。

飛行デッキを監視するカメラに、遙か後方水平線上を戻ってくるその揚陸艦が映っている。時々、その影から〝南通〟が見えた。沈み懸けた夕陽を浴びて輝いていた。

二人は、一人っ子政策下で生まれた。一人は密かに養子に出され、海軍で再会した。いろいろ似ている所があり、疑念を抱いて話をしたら、兄弟だとわかった。中国では、別段珍しくもない話だった。

海軍では、二人の俊英な艦長が兄弟らしいという公然の噂が流れたが、二人とも、肯定も否定もしなかった。

弟は、傷ついた自分の艦を連れ帰ろうと足掻き、兄は、それを守ろうと必死に戦っていた。

また新たに、四機のF‐16V戦闘機の編隊が現れ、ハープーン空対艦ミサイルを撃ってくる。台湾の海岸線すれすれから撃ってきていた。それほど大陸と台湾は近いのだ。

そして我が軍には、もう敵の戦闘機を押し戻すだけの戦力は無かった。沿岸部の空軍基地はどれも数度の攻撃を受けて運用不能状態だった。

戦闘情報統制室も、ハッチが吹き飛んだだけで無事だった。艦長以下が今はそこに詰めていた。

「本艦へ四発！　〝南通〟へ四発と推定されます！」

対空戦闘担当士官が報告する。

「本艦迎撃は個艦防御ミサイルで。〝南通〟は艦隊防空ミサイルで対処せよ」

「艦長！　個艦防御用ミサイルはすでに枯渇しています」

「では、主砲の調整破片弾で対応し、撃ち漏らしは三〇ミリ機関砲で叩き墜せ！」

ハープーンは、左右に分かれ、艦を両側から撃てるよう向かってくる。

艦隊防空用の海紅旗《ハイホンチイ》9B艦対空ミサイルが発射され、後方へと飛んでいった。

艦隊からは、さっさと下がれ！　と矢の催促だ。だが、誰かがここに踏み留まって、傷ついた味方を守る必要があった。

ミサイルが三発のハープーンを叩き墜したが、一発が揚陸艦に命中した。その揚陸艦もすでに二発喰らっていた。機関が動いているのが奇跡だった。

揚陸艦の速度が落ちるのがわかった。

衝突警報が鳴る。〝西安〟の主砲と、近接防空火器システムが同時に発射された。主砲は右舷側に、三〇ミリ機関砲は左舷側に。ほぼ同時に四発のミサイルを叩き墜す。

飽和攻撃というほどではない。システムが完璧に作動すれば、十分に叩き墜せる数だ。

だがもう、ミサイルも砲弾も底を突きつつあった。

「〝南通〟艦長より、交信を求めています！」

「繋げ！——」

艦長は、ヘッドセットを被った。

「国慶、艦を捨てて脱出しろ！」

「ああ、わかっている。揚陸艦が機関停止し、左舷へ傾いている。まもなく沈没するだろう。曳航索を斬った所だ。世話になったな兄さん！　あの日のことを今でも懐かしく想い出すよ。互いに兄弟だとわかって、朝まで飲み、語り明かしたことを。俺の家族を頼む！」

「心配するな。必ず面倒見る！」

次のミサイルが撃たれていた。今度は陸上からだ。たぶん米海兵隊のＮＳＭミサイルだろう。こっちはハープーンより遥かに新しい。迎撃困難なミサイルだった。

「二発、〝南通〟へ向かっています。本艦レーダー、間もなく失探します。今ミサイルを撃てば、ミサイルのレーダーで追尾は出来ますが……」

銭艦長は、一瞬、判断を迷った。

「艦長！　迎撃しますか？」

「……、いや。もう良い。残念だが、無理をしすぎた。針路３-０-０、速度を上げ、海域から脱出する」

全員がほっとするのがわかった。元はノルウェー製のＮＳＭミサイルが、〝南通〟の右舷方向から時間差を持って命中した。

〝南通〟自体は見えなかったが、その派手な爆発はしっかりカメラに捉えられた。

国慶よ……、人知れず養子に出されて苦労もしただろうに、お前は立派に成長して海軍軍人として人民に尽くした。悔いなく逝くが良い。遺された家族は、終生、俺が守って見せる！

だが、台湾側の落ち武者狩りはまだ続いていた。第４梯団の編成を阻止するためにも、ここは敵の絶対数を減らすことに意義があった。

台湾北部、軍港の基隆《キールン》沖には、海上自衛隊の二個護衛隊群が展開していた。その展開エリアはそれなりに広く、南は与那国島南方、東は沖縄の北、沖永良部沖までに及ぶ。

もちろん、その中に尖閣諸島も含まれる。この戦争が始まって以来、尖閣諸島の海警艦は撤退した。台湾軍がミサイル攻撃を仕掛けて潰滅させたせいだった。

二個護衛隊群の指揮を執る第一護衛隊群司令の國島俊治《くにしましゅんじ》海将補は、旗艦として乗り込むイージス護衛艦〝まや〟（一〇二五〇トン）の旗艦用《F》司令部作戦室《IC》にいた。

正面には、艦の横幅一杯に拡がる一面の巨大スクリーンがある。そこに必要な情報の全てが映し出されていた。

その中央に、最新の衛星画像が大きく映し出されていた。皆が絶句した。信じたくもない代物が映っていた。

「ほぼ全艦隊です――」

と首席幕僚の梅原徳宏《うめはらとくひろ》一佐が説明した。

「各艦の照合はまだのようですが、隻数は数えました。ドック入りしている艦はいなかったので、北海艦隊の恐らく九五パーセント以上の艦艇がここに連なっています。コルベットまで出していますす」

スクリーンには、大陸の沿岸部に沿って南下する軍艦が映っていた。単縦陣で南下している。攻撃を回避するため、ぎりぎり海岸線に寄っている感じだった。

「場所はどの辺り？」

「温州《ウェンジョウ》沖ですね。無線封止下での南下です。直線距離だと、台湾まで三〇〇キロです。実際は、海岸線沿いに走っているので、五〇〇キロ近くにはなると思いますが……」

「二〇ノットで走っても、夜明け前には東海艦隊と合流できるな。こっちへは来ないものと考えての話だが」

「はい。中国海軍は、つまり全艦隊をこの戦争に投入して来たということです」

「こんな不毛な戦いをまだ続ける気なのか……。隻数は三〇隻を超えるんだよね？」

「わが三個護衛隊群分の艦艇です。トン数で言えば、わが海自艦隊を圧倒します。北海艦隊は、こしばらく東海、南海に比べて装備が後回しにされていましたが、半数の艦艇が、ここ一〇年に就役した新鋭艦で、ほぼ八割が、今世紀に入ってからの就役です」

「われわれはどうすれば良いんだ？」

「まず、北海艦隊が、尖閣諸島を含めて、われわれに向かってくることに備えねばなりません。警戒を密にして、しかし直接の殴り合いは絶対に避けねばなりません。戦闘機の対艦ミサイルと、潜水艦で応戦する作戦を立てませんと」

「東海艦隊、南海艦隊ともに、手加減しつつ、その隻数を半分に減らしたというのに……。目眩《めまい》がしそうだ。この隻数が出て来たということは、当然潜水艦部隊も出てきたということだぞ。対潜哨戒をさらに密にしてくれ。こんな浅い所では、狩る側も攻める側もしんどいだろうが……」

「はい。もし交戦するとなったら、早くに決める必要があります。たぶん横須賀や横田で調整が始まっているはずですが、北海艦隊がこのまま戦場に現れるのか、それともいったん、どこかに入港するのかは不明です」

「後者は無いだろう。彼らは沿岸部の航空優勢すら失いつつある。このまま出てくるとみるべきだ。われわれはこれ以上は下がれないぞ。深夜過ぎには、互いがミサイルを撃ち合える距離に接近することになる。お互い、休める時に休んでおこう」

「それが良いですね。全員の判断力が、いざという時に低下しては元も子もない。しかし、どこかのタイミングで、司令部要員を総交代させるべきでした」

「こう長引くと、同感だな。もう三週間か……。あまりにも長い」

　すでに、戦闘ではなく、疲労が原因と思しき脳溢血や心臓麻痺で、艦隊の乗組員二人が過労死していた。艦艇では、ほぼ全ての護衛艦で、必ず毎日、誰かが睡眠不足と疲労で倒れていた。

　かと言って、北朝鮮もロシアも、盟友の中国を少しでも助けようと、日本海やオホーツク海で積極的に活動している。全ての艦艇をこちらに投入することも出来なかった。

　後方は後方で、疲弊の度を募らせていた。

　第３梯団桃園攻略部隊を率いる第164海軍陸戦兵

旅団の旅団長・姚彦海軍少将は、徒歩で暗闇を移動していた。前後、かなり離れた所を、暗視ゴーグルを持つ護衛の兵士が歩いている。だが、姚自身は、ゴーグル無しで歩いていた。月灯りが微かにある。それを頼りに二〇分ほど歩いて夜目に慣れた。

時々、照明弾が遠くに上がる。散発的で、時には五分置き、時には一〇分置きだ。上がる場所は遠いが、夜目には人影が浮き上がる。

時折、野良犬とすれ違うと、はぐれたケルベロスかと身構える。独特なジェスチャーで、ケルベロスに友軍であることを認識させられるとのことだったが、信じる気にはなれなかった。たかが機械が、敵味方の歩兵を区別するなんてことは、信じる方がどうかしている。

姚の前には、ドローンを操る程中尉。そして姚の後ろには、雷炎大佐が、いつもの嫌々という態度で付き従っていた。

舗装されている細いあぜ道を歩いている。敵のドローンが飛んでいるはずだが、身を隠せる場所は無い。手榴弾の類いが落ちてこないことを祈るだけだ。

「中尉、この辺りは、田んぼか畑ではなかったのかね？　衛星写真だと、青々としていたが、実際に来てみると、生えているのはただの雑草だ。どこまで歩いても草むら。換金作物ではない」

「お金にならないんでしょうね。たぶん、海岸に近くて、水は塩分を含んでいるはずです。雑草を生やすに留めて、どこかの企業が、巨大倉庫を建てる時のために、ただ売り地として抱え持っていた方が楽なのでしょう。あそこが限界です。あの倉庫の影まで行きましょう。前線まで三〇〇メートル」

畑の土手沿いに、ポツンと納屋が建ててあった。

その影まで辿り着く。カエルの鳴き声が煩かった。夜行性の虫も盛んに鳴いている。彼らは、戦争もお構いなしだ。

「雷炎、この長閑《のどか》な雰囲気を少しは味わえ。君のその第六感に安らぎと閃きを与えるために連れて来たんだ」

「さっき、バッタか何かを踏んづけて、足の裏が地面に貼り付くんです」

「無事に帰ったら、君には、ジャングルでの野戦訓練を命じたいね。一週間くらいの」

ドローンがブーン、という低いうなり声を上げて横をすり抜けて行った。

程中尉が、ギリギリまで輝度を落としたタブレット端末でそれを操縦していた。

「映像をご覧になりますか？　暗いですが」

「見せてくれ」

と提督はタブレットを覗き込んだ。高度表示だけが辛うじて読めるが、ほんの一〇メートルの高さを飛んでいた。

「もっと高度を上げられないのか？」

「敵に発見される可能性があります。連中、見付けたドローンには容赦無くミサイルを撃ち込んできますからね。雨が上がってから、一〇機は失いました」

「これも見つかる？」

「いえ。私は、見つからない方に賭けます。自衛隊の防空システムは、相当に旧式です。日中なら、その光学センサーで見えるでしょうが、これは小さなクアッド・コプターです。夜間は発見できない方に賭けます」

「では、高度を上げてくれ。最後の照明弾からそろそろ七分だが……」

中尉が画面をなぞると、ドローンは一気に高度を上げた。中尉が、暗視カメラのモノクロ画像をタブレットに表示させる。

「戦車が走り回るには理想的な地形だがな」

「対戦車地雷、対人地雷が、この雑草の中にばらまかれています。お勧めしません。ケルベロスも、この雑草の深さでは足を取られるでしょう。そしてこの小川の向こうに自衛隊と海兵隊の歩兵が陣取っている……」

暗視カメラが、歩兵らしき姿というか体温を検知してモニター上にマーキングし始めた。

「この小川は、農業用水路ではないのだな？」

「恐らく、空港整備前は、それなりの水量があったはずです。空港が整備されてから、ただの排水路になったのではと。戦車なら楽に渡れる所と、戦車でも少し躊躇われるのり面の深さを持つ所があります。この辺りは、歩兵でも飛び越えられるほど細いですが」

「雷炎、見てみろ？」

「台北101ビルでも見えましたか？」

「例のイベントまでまだ三〇分以上はあるぞ。君も見たいのか？」

「そりゃ見たいじゃないですか。民衆に勇気を与えてくれるイベントですよ」

「われわれはその民衆を弾圧しているわけではないが、歓迎すべきようなことか？」

「あのビルは、台湾同胞の偉業でしょう？　日本にもあの高さのビルは無い。台湾同胞の偉業は、わが中華民族の偉業ということですよ」

「大陸だけで、あれより高いビルが確か六棟は建っているはずだぞ」

「それでも、台湾では一番高い。偉業ですよ。そのイベントに立ち会ったら、兵の士気も上がると思いますね」

「地べたから見えればなあ。距離があり過ぎるんじゃないか」

「ドローンを、たぶん一〇〇メートルも上げれば、十分に見えると思います」

と程中尉が言った。中尉も、それを見たい雰囲気だった。

「君も見たいのか?」

「戦場では、一時とは言え、息抜きになります。たとえ敵のイベントであっても、そういうお祭りというか、良いんじゃないでしょうか?　大陸人も、台湾人も、お祭り好きな所は同じですから。息抜きになります」

「ここでは、私の分が悪そうだな。兵士達に向かって、しばらく銃の引き金から指を放し、東の夜空を見上げよ!　とでも命令するか」

突然、曳光弾が草むらの上を走った。前にいる護衛が発見されたのだ。やがて、その曳光弾は二本、三本と増えた。交戦はするなと命じてあった。これはあくまでも、静かな偵察活動だ。威力偵察ではない。

護衛の兵士らが、草むらに飛び込むのがわかった。

「雷炎、走れるか?」

「この納屋を開けて、朝まで隠れて過ごすという素晴らしい作戦を思い付いたばかりです」

「それも無くはないが、直《じき》に敵のドローンが飛んでくる。その前に脱出するぞ。ほんの二〇〇メートル全力疾走すれば、藪の向こうに隠れられる。君、三週間も戦っているわりにはたいして痩せてないな?」

「とんでもない!　この三週間で、間違い無く二〇キロは痩せています」

「理論的にあり得ないわ。その体重を三週間で落としたら、大佐は今、酷い栄養失調で寝たきり状態ですよ」

と程中尉が冷ややかに言った。「せいぜい、七キロという所でしょう」

「その体重が戻らないようにすべきだな。君の健康のために」

中尉がドローンを呼び戻す。

「こんな暗がりで転んだらどうするんですか？」

「起き上がれ！　赤児でもそうするように。ドローンだけじゃなく、もう直ぐ照明弾も上がるぞ。走っている背中を照らされて、狙撃されたくなければ、急げ！」

まず、程中尉が脱出した。あっという間に暗闇の中へと消えて行く。続いて雷炎。雷炎は、二度転び、危うく姚提督が引っかかりそうになったほどだった。

最後に護衛の兵士が続く。雷炎を抱えた姚提督が一〇〇メートルも走り切らない間に照明弾が上がった。敵は、護衛の背中に気付いて撃ってきたが、幸い、狙撃手ほどの腕の持ち主はいなかったようで、全員が無事にその場を脱出できた。


台北市では、台北１０１ビルのライトアップ・イベントに備えて、総力を挙げての準備が進んでいた。

コンビニ・グループの台湾総支社のオフィスでは、営業中のコンビニに写真を届けるための準備が進められていた。

軍の特別許可を貰い、ドローンを二機飛ばしていた。民放テレビの取材ヘリも飛んでいたので、高度制限はあったが、それなりの写真を撮れる態勢が整えられていた。

その映像を店舗支援オペレーション・センターのスクリーンに映し出していた。

東京タワーでのイベントが、解放軍の奇襲攻撃を受けて危うい状況に陥ったことを踏まえ、周囲はびっしりとパトカーや軍用車両で埋め尽くされていた。

周囲一キロには、野良猫一匹近づけるなという命令が出ていた。その猫が、敵が放ったロボット猫の可能性もあるから、まじめな命令だった。

最初のカラー映像が入ると、総支社長の成五《チェンウー》岳《ユエ》は、隣にいる田中太志《たなかふとし》元陸自一曹に「こりゃ凄いですね！」と日本語で話しかけた。日本の大学を出て、日本でコンビニ本社に就職した変わり者だった。

田中は、八王子センターの営業班員。霜山をスカウトしたのも彼だった。

映像では、台北１０１だけがブラックホールのように暗く落ち込んでいる。その周囲にいる、パトカーや消防車のライトが、回転する度に、巨大なビル壁を照らし出した。

成総支社長は、桃園営業エリアを統括する范《ファン》晴晴《チンチン》に衛星携帯で電話を掛けた。

向こうも、どこかこのビルが見える所にいるはずだった。

「范さん、コンバンワ！　そっちの状況はどう？」

とスピーカーホンにして日本語で呼びかけた。彼女も日本留学組だった。

「ええ。私は今、オフィス街のビルの二〇階にいます。近隣の住民や、消防団の皆さんと一緒に。田中さん！　補給を有り難うございます。いろいろ特別扱いして頂いているようで」

と田中に呼びかけた。

「いや、お礼なんて、本来送るべき量の半分しか送れていない。荷物が台北で滞留していますよ。申し訳無い限りです。空港の四人組は大丈夫ですか？」

「さっさと下がれというのに聞かないんですよ、

あの人たち。空港から見えたら、動画を撮って遺すそうです」

「それは良い。こっちで計画していることですが、あちこちで撮影された動画を数十秒ずつ纏めて、動画サイトにアップしようと。台湾人の戦い抜く決意を全世界にアピールするために」

「はい。ここでもカメラがもう回っています」

成は、スピーカーホンを切って、北京語に切り替えた。そして「スカイ……」と呼びかけた。彼女の〝晴れ〟という名前からとった、二人だけに通用するあだ名だった。

「スカイ、君がここにいてくれないのが残念だ」

「何、しおらしいことを言っているのよ？」

「やり直さないか？　妻との関係は、とっくに終わっている。僕はただの仕事人間だった。今更気付いても遅いが、家庭向きの男じゃなかったね」

「何言っているんだか。それはお互い様でしょうに」

「桃園市長は、市内の全コンビニの営業権をうちに譲ると明言している。そしたら、君がてこ入れで桃園に居続ける理由はもうない。台北に帰ってこい。そして二人でやり直そう」

「考えて置くわ。あと五分よ、待機しなさい！」

点灯の瞬間に備えて、ビルを囲んでいた消防、警察の車両が次々とライトを消し始めた。

「東京もこんな感じでしたか？」

と成は田中に尋ねた。

「それが、私は、高尾山に登ったんですよ。見えるかどうか全くわからないまま。霜山君とね。大勢の地域住民もマグライトを持って登っていた。そしたら、これが見えたんです！　なんというか、奇跡ですね。あれは針の穴の向こうに光りが差している感じだった。でも、どよめきが起こった。あの感動は二度と忘れることはない。むしろ、こんなに近くで拝むのは損だと思いますね。普段見えないと思っていた所から見えることで、感動も増すでしょう。空港から見えると良いが……」

　ドローンの一機が、徐々に高度を上げ始めた。

　桃園空港の第2ターミナル五階の展望フロアでも、少年烈士団の子供たちや、郷土防衛隊の暇な連中が集まっていた。窓はほとんど割れているせいで、風が吹き込むビュービューという音がしている。窓際に近寄らないよう、規制のテープが張ってあった。

　私立学校の生徒らを率いて来た数学教師の呂宇《ルーイー》が、数学教師の面子に懸けて、ビルが見える方角を、床に蛍光マジックで指し示していた。

　生徒は、スマホの電源をチェックし、わいわいガヤガヤと楽しんでいた。

　唯一の日本人生徒である依田《よだ》健祐《けんすけ》少年も、スマホを右手に持って待機していた。健祐自身は、別に思い入れはない。だが、この辺りで人工の光と言えば、復活したコンビニしかない暮らしがもう二週間も続いているのだ。それが何であれ、文明の在処を示すものは歓迎したかった。

　小町南は、健祐の背後に立った。霜山が、規制線から一歩窓側に出て、スマホでみんなの表情を撮り始めた。彼が狙うのは、ビルではなく、もちろん子供達の表情だった。

「小町さん、東京タワーの点灯イベントを見たんですよね？　たかがイルミネーションでしょう？」

「そうよ。でも、あの場面に立ち会った時の感動は言葉では表現できないわね。経験した者でないと。すぐにわかるわよ」

「勿体無いなあ……。それだけの電源車があれば、コンビニを数百軒営業できるんでしょう？」

「ええ。病院なら数十軒、ＣＴや生命維持装置を動かせる。でもほんの一五分のイベントよ。やるだけの価値はあるわ」

真っ暗闇の中で、スマホの画面だけがボーとうす暗く光りを放っている。そんな中でカウントダウンが始まった。

もし、地平線上に雲が懸かっていたとかで見えなかったとしたら、この計画は全部無駄になる。いろんな人に詫びを入れる羽目になるな……、と小町は少し後悔した。

「10、9、8、7……」

健祐も、スマホを顔の上に上げた。

「スマホなんて良いから！　自分の眼で見なさい――」

「5、4、3、2、1！……」

「どこだ？　どこだよ？」

と声が上がった。小町も最初わからなかった。

一瞬、ダメだったか！　と思った。

「ほら！　あそこ！　点いた点いた！　丁度じゃなかった。二、三秒遅れたぞ！」

確かに、それはあった！　何か山の稜線の向こうだ。

「すげぇな！　おい。見えるじゃないか！　アハハ！……」

呂先生が予測した方位にどんぴしゃりだった。だが、それは余りにも小さかった。月明かりより弱々しいのはもちろん、一等星とか、そんな感じの灯りだった。

だが、全員が拍手した。

「何かさ、恐ろしく遠くで、狼煙が上がった感じだよな。あれ、事前に聞いてなきゃ、地平線上に明るい星があるという程度でしか気付かないぞ」

「いや、星じゃないだろう！　星なんかより全然明るいぞ。月と比べればそりゃたいしたことはないけどさ」

「みんな良く見ておけ！　そして記憶するんだ。この瞬間のことを」

と呂先生が声を上げた。

「いずれ君たちは、恋人や、自分の子供たちに繰り返し語って聞かせる日が来る。この戦場のど真ん中で、あのビルの灯りを見たと！」

小町は、健祐の両肩を摑んで「どうよ？」と尋ねた。

「うん……。いいね、あれ悪くないな」

健祐は、瞳を潤ませながらそう言った。互いの鼓動が伝わってきそうだった。

台北市内に避難している数百万の市民が、その瞬間、防空壕から地上に出て、そのライトアップを見上げていた。

桃園市へ近づいている原田らは、スキャンイーグルの監視映像としてそのイベントを見守っていたし、桃園の郷土防衛隊を率いる李将軍も、笑顔で指揮所スタッフに命じた。

「点灯イベントは一五分のはずだ。全員、交替で五階まで上がって来い！　民族の記憶になるだろう。通信兵は、各部隊に、見えるようなら、首を東へ回すことを許可すると伝えよ。どうせ解放軍も同じく、銃口を下げてあれを拝んでいるはずだ。しばらく交戦は無い」

その通りだった。

姚提督が指揮所まで帰って直ぐ、そのイベントは始まった。高度二〇〇〇メートルまで上がったドローンのカメラをズームさせ、可視光映像で、台北１０１ビルを捉えた。

こちらは、ぎりぎりそれがビルだとわかる解像度で観察できた。

23インチ・モニターでそれを見ながら、姚提督は、「いやこれは凄いな！……」と感心した。

「でもズームなんて無粋なことはよせ。このままが良い……。この距離感が。いやぁ、雷炎。君が言うとおりだ！　これは奇跡だぞ。文明が生んだ奇跡の灯りと言って良い。われわれは所詮、同胞だ。こんな感動を共有できるなんてな。こりゃ戦争どころじゃないな。各部隊に伝えよ。一五分の休戦を命ず。東の空が見える部隊は、台北１０１ビルを探せ！――」

捕虜となった王一傑《ワンイージェ》海兵隊少尉と、頼筱喬臨時少尉の元にも、その報せは届いた。

緒戦が終わったことで、新たに運び込まれる負傷兵はいなくなった。今はもっぱら、治療が功を奏すことなく亡くなる不運な兵士たちを看取るだけだ。

筱喬は、戦死した兵士が持っていたノートを借りて、負傷兵たちの最後の言葉やそれぞれが想う家族や恋人や友人へのメッセージを聞き取ってメモしていた。

もう涙も枯れ果てた感じだった。ただ黙々とその作業を続けていた。

高速高架下で、王少尉が、「見えると言ってますよ？」と呼びかけた。

「五〇〇メートルの高さのあのビルがここから？　無理でしょう」

筱喬は、亡くなったばかりの二十歳過ぎの兵士の両手を胸の上で組みながら言った。運び込まれた時にはすでに意識も薄く、伝言を発することもなく息を引き取った。彼がどこかに遺言を遺していれば良いがと想った。

筱喬は、腰を上げて東の空を見遣った。すでに二人を見張っている兵士はいなかった。逃げだそうと思えば、出来ないことではなかった。

「どこです？」

「うーん、わからないな。僕らヘッドランプをず

っと使っているから、夜目でもないし」

二人ともそのライトを消してみたが、夜目はそう短時間で得られるものじゃない。

「あそこじゃないかしら……。ほら、山の稜線上に、ちょっとぼんやり、明るい所があるでしょう。ビル自体は見えないけれど、その灯りが稜線を照らしているように見えるけど」

「ああ！　あれね。確かに、稜線の向こうに何か明るい照明がある感じだ！　そうか、あっちが台北なのか。遠いなぁ……」

「そう思います？　近いわよ。たかがビルの灯りが見えるほど、あっという間に台北に着くわ」

それを、空から見守った兵士もいた。台湾陸軍《第601航空旅団》＝別名〈龍城部隊《ロンチャン》〉の藍志玲《ランチーリン》大尉が操縦するAH‐64E〝アパッチ・ガーディアン〟戦闘ヘリコプターは、敵を圧迫するため、桃園空港から一〇キロ南を低空で飛んでいた。

ローター音で、敵の行動を抑制するのが目的だ。もちろん、歩兵携行ミサイル、MANPADSを喰らう恐れがあるので、接近は慎重に行う必要があった。

前席ガナーの田子瑜《ティエンズーユイ》少尉が、「始まりましたよ！」と右翼への注意を促した。光学センサーがズームし、そのビルの輪郭を微かに浮き上がらせた。

「あれ、遠いと言って良いんですか？」

「残念だけど、遠くはないわね……」

藍大尉は、暗視ゴーグルの首を一瞬そちらに振った。コクピットの振動のせいで肉眼でははっきりは見えないが、暗視ゴーグルの映像は、スタビライズド機能が働いて、振動を除去した手振れ防止映像が見られる。綺麗というか、あれは台湾の象徴だ。

今この瞬間、何百万人の台湾同胞が、この灯りを見ているのだろうと思った。私たちの願いが、世界に届くことを祈らずにはおれなかった。

第三章　側背攻撃

その台北101のイルミネーションは、沖合の艦艇からも見えていた。満身創痍の状態で基隆軍港へと戻って来た沱江《トゥオジアン》級コルベット三番艦〝富《フウ》江《ジアン》〟（六八五トン）の艦長・頼国輝《ライグオフイ》海軍中佐は、艦のやや右舷方向に、灯台のような灯りがあることに気付いた。

「ここからだと、見えているのは、ビル全体のたぶん五分の一くらいでしょうね……」

副長の莫立軍《モーリージン》少佐がブリッジの羅針盤の前から身を乗り出し、暗視双眼鏡で、湾港の出入口をくまなく探りながら言った。

艦橋の前面窓の半分近くは銃撃で割れているかひびが入っている。風が容赦無く吹き込んでくるせいで、命令は怒鳴るような大声を出すしか無い。

軍港に灯りはないが、警備艇だけが赤い舷灯を点して行き交っていた。速度を落として入港すると、舷灯を点した曳船が現れた。

それに付いて湾内に入る。さすがにここは戦場に近すぎるせいか、避難民を乗せた脱出船の往来は無く、湾内は静かだった。残念なのは、貨物船の類いも一隻も泊まっていないことだ。

基隆はその奥深い湾港を生かして日帝時代に軍港として発展したが、今は工業港としての発展を図っている。軍港としての規模は知れていた。

海軍の専用埠頭を左に見ながら、だが曳船はその右手の西8埠頭へと彼らを誘導した。海軍埠頭に接岸している軍艦はいなかったが、たぶんこれから傷ついた軍艦が多数入港してくる。それにそなえてのことだろう。

自分の艦はまだましな方だ。護岸が近づくと、突然、陸側でフラッドライトが点され、傷ついた船体を照らした。

それを護岸から観察していた蘇澳《スーアオ》《第168艦隊》司令の鄭英豪《ジェンインハオ》海軍大佐は「酷いな……」と漏らした。

船体に無数の銃撃痕がある。主砲の弾を喰らわずに済んだのは幸いだが、それでも応急措置は必要だ。そのための民間人技術者も蘇澳から連れてきた。

だが喫水自体は深かった。ミサイルの類いは全く撃っていない、船体は決して軽くなっていないということだ。それは同時に浸水もしていないということでもあった。

舫《もや》いが投げられ、舷梯が降りてくると、鄭大佐はヘッドランプを点して飛び移り、タラップを駆け上がって艦に飛び込んだ。

ブリッジは雑然としていた。床はまだガラスと吹き込んできた雨が溜まり、銃弾の破片もあちこち転がっている。赤い血糊も操作コンソールに飛び散っていた。

全員が、鄭大佐の姿に気付いて、敬礼しようとしたので、「敬礼なんか良い！　作業を続けろ！」と命じた。

「ホオジロザメでも暴れまくったような跡だな……。まず負傷者を降ろせ！」

「一番艦〝沱江〟は無事ですか？」

と頼艦長は、艦長席から降りるなり聞いた。

「駄目だった。だが轟沈ではない。浸水して、戦線を離脱したのだが、港まで持たなかった。乗組員はだいたい助かっている。この艦からランチで脱出したエンジニア連中も無事に海岸まで辿り着いた。こんな状況で戦死者がいないなんて奇跡だな。二番艦〝塔江《タージアン》〟と、柏旭《バイシー》艦長の戦死は残念だった」

「戦闘詳報と、カメラによる撮影データがあります。一刻も早く、海軍司令部へ届けて頂きたいです。大型揚陸艦のケツから突っ込んで巻き添えにした。壮絶な最期でした」

「うん。無傷とは言えないが、助かったのは本艦のみだ。ミサイルは一発も撃てなかったのか？」

「レーダーは全く使い物になりませんでした。太古のラム戦でもやっている気分でした」

「ここでは弾の奪い合いになって、たいした補給は出来ないだろうと思ってな、蘇澳から補給部隊を連れてきた。修理部隊も同行している。水面下に被弾は無いのだな？」

「ダイバーを降ろしての確認の必要があります。孔が開く寸前で止まっている傷があるかも知れないので」

「ブリッジの窓は、ベニア板でも打ち付けて凌ぐしかないか。ちょっと相談事がある」

鄭大佐は、副長に補給作業を指揮するよう命じると、頼中佐を後ろの作戦室へと誘った。

「船は良いなぁ。赤い暗視照明とは言え、灯りがある。艦隊司令部は、どこも燃料節約で、自家発電装置は最小限の使用に留めよとの命令が出ている。トイレもバケツだぞ……。久しぶりに水上勤務が懐かしくなったよ……」

「乗りますか？　その権利はありますよ」

「陸上での仕事が多すぎるよ」

作戦室で、カーテンを引くと、大佐はＵＳＢメモリーを中佐に手渡した。立ち上げたままのノー

トパソコンに突っ込むと、ファイル・サイズがでかいモノクロの写真が自動再生された。

沿岸部を写した衛星写真だった。

「ズームしてみたまえ」

「目もくらむような。いったい……、これは何隻いるんですか？」

「北海艦隊の全艦艇。なんでもトン数だけで言えば、海上自衛隊の全戦力を上回るそうだ。空母もいないのに」

「東海艦隊、南海艦隊はどの程度、削れたのですか？」

「頑張って削ったさ。米軍の見立てでは、半数の戦闘艦は沈んだか行動不能だそうだ。言うまでも無く、その二個艦隊の残存艦艇を一つにすると、無事な一個艦隊が出来上がる。それに北海艦隊が加われば、総勢八〇隻近い大艦隊が編制できる」

「われわれは、巨人ゴリアテに挑むちっぽけな人間というか、蟻みたいだ……」

「彼らをこうも巨大にした責任は、われわれにもある。三通開放で、互いにウィンウィンの関係が構築できるとせっせと投資したのは、われわれだからな」

「いくら何でも、こんな数は……」

「日米と対応を協議することになるだろう。果たして、艦隊の合流を許して対応するか、その前に叩くか。空軍はもうミサイルを撃ち尽くす頃だ。後は日米頼みかもしれん」

「陸の戦いはどうなっています？」

「新竹は、済んでのところで自衛隊が間に合った。ぎりぎりで、危ういところだったらしい。桃園は、国防部は大丈夫だと言っているが、本当のところはわからん。連中には、台北の死守しか関心がない様子だから。台中攻略はまだ続いているよ。君の姉上がどこかはわからないが、台中攻略に関わっているなら、そう心配はいらないだろう。あとは包囲して、市長に投降を促すだけだ。本艦は、速やかに武器弾薬を補給し、主力艦隊と合流せよとのことだが、修理は必要だぞ」

頼艦長は、全て承知していると頷いた。

「銃痕にセメントを塗り込めれば済むという話ではない。せめて一晩はかかると思ってくれ。正直、敵の規模は、本艦が一隻いてどうにかなるというレベルでもない。あるいは、台湾海軍の総力を挙げてもな。だがこの艦は貴重だ。本艦が一隻いるというだけで敵を脅せる」

「自分は修理を手伝います」

「寝ろ。睡眠は必要だ。削った敵の数は問題じゃない。君らは、揚陸艦艇を主目標に攻撃を繰り返した。それは戦術的に全く正しかった。第4梯団は、あるにしても、楽ではないだろう。もう大型の強襲揚陸艦の数も限られる。今回規模と同様の上陸は無理だ。そういう意味では、皆の犠牲は報われる。十二分に時間稼ぎが出来た。戦争は明日には終わらん。艦長の君がそう気ぜわしく働いていたんじゃ、部下もおちおち休めないぞ。それに、柏旭亡き後、君には生き延びて海軍再建の先頭に立ってもらうことになる。前任艦長がポチョムキン号の叛乱を起こされたことを忘れるな。陸上で仕事があるから私は艦を降りるが、君を見張る必要があるなら乗り込むぞ。それは嫌だろう？　肩の力を抜け」

「わかりました。柏旭を失ったことで、気が焦っていたようです。寝ます」

大佐を見送って舷梯まで出ると、護岸に作業員やクレーン車が集結し始めていた。たぶん二百人以上いる。武器弾薬の装塡と、応急修理を同時にやらねばならなかった。

ブリッジに戻ると、頼は、まず副長の莫立軍少佐と向かい合った。

「君は最後に寝たのはいつだ?」

「ええと……。いやでも、艦長がいらっしゃる寸前まで、うとうとはしていたように記憶していますが……」

「そういう意味ではなく、ベッドでという意味だ」

「三日、いえ二日前は寝たような記憶がありますが」

「命令だ。私が君を起こすまで、最低でも四、五時間は寝てくれ。私は今朝まで左営《ズオイン》でゆっくりしてた。交替で休もう。修理や補給の指揮は執る。耳栓でもして寝てくれ。各班、就寝状況を確認し、交替で寝るぞ! 敵が次に仕掛けてくるまではまだ時間がある。その間にわれわれもしっかり休むんだ。多くの仲間を失ったが、戦いはまだ続く。来週も、ひょっとしたら来月も。長丁場に備えるのだ」

しばらくすると、自由時報新聞の号外が一枚、ブリッジに差し入れされた。A4の版型一枚。だがカラー写真だ。

〝台北101に輝く希望の灯り!〟とあり、地上から見上げた写真と、空撮写真が上手い具合に合成されていた。こんなものをどこでプリントしたのだろうと思ったが、紙は新聞用紙ではなく、コピー用紙のようだった。国民の忍耐と勇気を称える総統府のメッセージも入っていた。

恐らく写真以外は事前に用意され、営業中のコンビニでプリントされたものだろうと思った。たぶん、これが全国のコンビニや、防空壕に貼り出されるのだろう。


田口と比嘉らが乗ったブッシュマスター装甲車

は、本隊に先んじてすっ飛ばしていた。

桃園市街地へと入る省道31号線が、空港南側へと抜ける県道113号線と交差する位置にある桃園スタジアムに差し掛かると、いったん幹線道路を出て野球場正面広場にブッシュマスターを止め、味方の軽装甲機動車が走ってくるのを待った。

ダックこと阿比留《あびる》憲《あきら》三曹が、イヤホン・ケース状のハードケースを持ち、赤いカバーを掛けたマグライトの灯りの下で、説明を始めた。

「小さいだろう？　痔の薬と同じだ。一〇分置きにシグナルを発する。もとは、要人警護用のグッズで、誘拐の恐れがある時に、こいつを持ち歩いてもらう」

「小さくはないだろう。口紅サイズくらいはあるぞ？」

アイガーこと吾妻大樹《あづまだいき》三曹が、迷彩ドーランをメイク落としシートで拭き取りながら言った。

「そうだな。口紅の芯くらいはあるかもな。もともと、アメリカ人のケツの穴用だから」

ダックが、ケースを開けてそれを取り出そうとすると、アイガーは、「触るな！」と制した。

「不衛生だろう。自分で取る」

「使い方は簡単だ。透明カプセルを右に目一杯回すと、電源が入る。小さな豆ライトが点るだろう。内側に蛍光塗料で線が一本引いてある。これが上下揃うと通電するという意味だ。で、ほんの九〇度戻すと、電源は切れる。その仕組みを使って、モールス信号を打つことも出来るし、すばやく三度回すと、高出力モードになる。電池は安全なアルカリ電池。リチウムイオン電池がケツの中で燃えるような事故は起きない」

「飲んじゃダメなのか？」

「いざという時に、自分で取り出せないだろう？　それに飲み込むには、ちょっと大き過ぎる。通常モードで、一二時間は作動する。電波は、ドローンや、俺が背負うアンテナで探知する。対象者を発見した時には、素早く二度点灯を繰り返してくれ。それが突入の合図になる」

「取り出すってさぁ……。金属探知機に引っかかったらどうする？」

「地雷探知機で探られる可能性はあるかも知れないが、その時は、負傷して腰に金属プレートが入っているとでも言え」

「そんな怪我の跡はないけどな。なんで俺なんだ？」

「そりゃ、台湾には富士山より高い山があるのに、山岳作戦がないんじゃ俺の出番はないと嘆いていたからじゃないか？　隊長が気を遣ってくれたんだろう」

「あのさ、この作戦の概要を聞くと、つくづく思うんだが、この任務に一番相応しいのはあの人だよな？　大佐殿だから、敵はＶＩＰとして扱うだろうし、一応は女だから身体検査もおざなりだろう。ブーツの中に、いつものダガーナイフ一本隠して置けば、一〇人や二〇人の敵兵は喜んで殺すだろう。外からの救出作戦を待つより遥かに安全確実だ。そうじゃないのか？」

皆の視線が田口に集まった。

「……一番の適任者を上げろと言えば、そりゃあの人だけどな。今回は、あの人だけは巻き込めない。少なくとも、この戦場を離れて、あの人は長崎へ、俺たちは習志野へ引き揚げるまで、そういう捕虜奪還作戦はいっさい無かったことにしなきゃならない。知ってしまったからには、皆地獄までその秘密は持って行くしかない。重大な任務だぞ。捕虜収容所は、何カ所か設営されているはずだから、なるべく彼らが攫《さら》われた近くまでたどり着かなきゃならないし。問答無用に撃たれる心配もないわけじゃないし」

パトカーに先導された軽装甲機動車が現れ、ザックを一つ手渡すと、挨拶もなしにすぐ帰って行った。彼らは、その中身も、渡す相手が誰かも知らされていないのだ。

比嘉がザックを開けると、普通科隊員の戦闘服一式と安物のプレート・キャリアに軍靴、鉄帽、赤の他人のドグタグが二枚入っていた。

「このドグタグの本人は実在するはずだが、良いのか、二枚とも手放して」

と比嘉が言った。

「本部管理中隊の誰かじゃないか？　戦場には出ない自信があるんだろう」

一尉のロービジ階級章が付いていた。

「ブーツは私物で良いだろう？　こんな安物の官給品なんて俺のプライドが傷つく」

サイレント・コアのコマンドは、それぞれ、特殊部隊用のタクティカル・ブーツの使用が許されている。希望の商品を申告すれば、官品として買ってもらえることになっていた。基本的には、皆ほとんど同じメーカーのブーツを履くが。靴跡で、敵味方を区別し、跡を追えるようにだった。

毎年、部隊内で今年の新作品評会が開かれる。クライマーのアイガーだけは、頑として自分専用のタクティカル・ブーツを手放さなかった。

「それ良いけど、敵に怪しまれたら自分で弁解してくれよ」

独立愚連隊を乗せた観光バスが一台止まり、台湾人の兵隊が一人降りるとバスはすぐ本線に戻って行った。

銃を構えてザックを担いだ即席兵隊が走って来る。アイガーは外に出て、車の陰で戦闘服を着替えるついでに、例のものをケツの穴に入れた。

「乗ってくれ、孟迅《モンシン》二等兵」

と田口が北京語で語りかけながら手招きした。

二等兵は、ザックを降ろして後部座席に乗り込んだ。

「スナイパーのリザードさんですよね？　あの軽機関銃で殺戮を繰り広げた。たった一〇秒の間に、三箇所の三人の狙撃手を倒したという」

「たぶん人違いだ。それは良いが、貴方は役者志望なんだって？」

「いえ。志望ではなく、役者です！　ジャスパー・ルオ、という芸名も持っています」

「じゃあ、大陸の人間にも顔が知られているとか？」

孟は、渋い顔をした。特にイケメンというわけではない。個性はありそうだが、主役は難しいだろうなと田口は思った。

「まあまだ、端役というか、エキストラ出演が多くて……。でもクレジットに名前が出たことは何度かあります。はい……。役者です！」

「演技力には自信がある？　貴方の身上書には、度胸あり、と書いてあったそうだけど」

「もちろんです！　台湾大出のエリートから、りったバンドマンまで、こなせない役はないつもりです」

「そういう人材を求めていた。重要な任務がある。たぶん、君にしか出来ない。度胸と演技力が必要だ」

「危険ですか？」

「残念だが、危険だ」

「映画になりそうな？　俺、自分で主演しますけど」

「ドラマくらいにはなるかもね。鉄砲は必要ないから、ちょっと地味なスパイ・ドラマだ」

「脚本権、貰えますよね？」

「成功したらの話だけどね」

着替えたアイガーが、ハッチの外に立った。

「こんなもんで良いか？」

「鉄帽を忘れないでくれよ。それと、士官殿らしく、威厳のある態度と姿勢だ」

「うちらの士官殿にそんな雰囲気はないけどな」

とアイガーが真顔で答えた。

「それで、二等兵。この大尉殿を案内して、敵陣深く入ってもらう。そして敵の前に出て、捕虜になる。理由は考えてくれ。迷ったとか、もうこの戦争に嫌気が差して、自衛隊の連れと一緒に脱走してきたとか。そういう設定は君の方が上手そうだ」

「何の為にでありますか？」

「君は自分で脚本も書くのであれば、どういうシナリオなのか考えてみれば？」

「ひとつしかない。捕虜奪還ですね。でも捕虜がいる場所がわからない。だから、次の捕虜を送り込む。その捕虜は、作戦に関する超極秘情報を握っていて、敵に喋る前に助け出したい、もしくは、口封じしたい……」

「口封じの必要はない。ただ、士官二人が捕まっている。いずれも台湾人だが、われわれは、捕虜も見捨てない。必ず奪還する」

「歯の中に無線発振器とか」

「知らない方が良いこともある。彼は、通信将校という設定だ。通信が仕事だから、鉄砲は撃たない。ランニングも格闘技もしない。もちろん北京語も話さない。だが通信将校なので、作戦行動に関するほぼ全ての情報を握っている。君の任務は、彼をそこそこの重要人物だと敵に錯覚させることだ。敵に見つかるまでの間に、演技指導してくれ」

「合い言葉は何ですか？　突入の合い言葉は？　トラトラトラ！　とか？」

「それはない。脚本的に必要なら、君がどう書こうが関知しない」

「俺、この独立愚連隊のドラマを放送局に売り込もうと思っているんです」

「それは良いけど、われわれの存在は消してくれよ。でないと、撮影に入る寸前に、軍から制作中止の圧力を掛けることになるから」

「この人選は正しかったんだろうな？……」

と比嘉が日本語でぼやいた。

「度胸がある。やってのけるさ。アイガー、乗ってくれ！　行ける所まで、この装甲車で君たちを送る」

ブッシュマスター装甲車は、そこから幹線道路を外れ、枝道へと入った。戦場は、数時間、奇妙な静けさを維持していた。

解放軍を率いてきた姚《ヤオ》提督は、指揮所の片隅で、水分補給を兼ねた栄養ゼリーを喉の奥に流し込んでいた。普通の栄養ゼリーだ。釣魚島に上陸した時に食う羽目になった軍隊用の特製ゼリーは酷い化学臭がしたが、これは国内のスーパーならどこでも売られている普通のゼリーだった。

兵に連れられて、頼筱喬《ライシャオチャオ》臨時少尉が現れると、まず「手荒な真似は受けていないだろうね？」と尋ねた。

「解放軍は、ロシア軍とは違うでしょうから……。しかし、ご存じのように、私は自衛隊の士官ではありません。軍人ですらない」

「奇妙だな。その度胸の良さは、ではどこかの情報部かな」

姚は、椅子に掛けるよう促したが、筱喬は「結構です」と断った。

「いや、貴方に座ってもらわないと、私が座れないでしょう。失礼になるから。ちょっと働き詰めで疲れてもいるのでね」

「どうぞ遠慮無く、お座りになって下さい。情報部というのは、最前線に出たりしないと思いますが？」

「いや、貴方の持ち物を検査した時に、お父上のだというドグタグがあった。本国に照会したら、貴方のお父上は、その筋では、かなりの有名人だということがわかった。亡くなられたのは残念だ。しかし、お父上の存在を考えれば、貴方がどこかの情報機関に属していても不思議はない」

「ただの通訳です。自衛隊部隊の。父が白団《バイトゥアン》の関係者だったということもご存じですよね？　ならば、その娘が日本語を話しても不思議は無いでしょう」

「確かに。日本の大学のデータベースに侵入して、貴方が留学していた事実も確認できた。率直に言えば、貴方の年齢で、重要任務を命じられる可能性はない。そもそも、われわれの興味を引くようなドグタグを首に掛けるような真似はしないだろう。本物のスパイならね。単なる通訳だったというのは事実だろう。一緒に投降した海兵隊少尉殿は、台湾大出の学徒士官だというし、戦争というのは大変だよ。若者の人生を激変させる」

「私のドグタグ、返して頂けますか？　父の形見です」

「ああ、もちろんだ」

筱喬は、スマホを持ち歩いていなくて良かったと思った。叔母さんと撮った写真が何枚も入っている。あれが照会されるとさらに厄介なことになったはずだ。

「われわれは捕虜は取らない。だから、解放したいと思うがどうだろう？」

「今現在、捕虜となっている兵士全員と一緒なら歓迎します。私ひとり特別扱いされるのはお断りします。よろしければ、あの野戦病院に戻して下さい」

「わかった。必要なものは何かあるかな？」

「あそこにですか？　腕の立つ軍医と、あるだけの医薬品と、もしそれらがないのであれば、負傷兵を投降させてはどうですか？　こちらはまだ、それなりに受け入れの余裕があるはずです」

「軍医の数が全く足りていないのだ。知っての通り、国内の疫病が酷くてね、軍医もそっちに駆り出された。貴方がいる場所は後方だから安全だ。何かの間違いで砲撃や爆撃はあるかも知れないが、今以上の危険はないだろう。救える命を救えないことは残念に思っている。それは私の責任だ」

「勝てませんよ？——」

「今回はそうかもな。だが、われわれは諦めないし、たぶん君たちも、仮に勝ったからと言って独立宣言なんかしないだろう。互いが互いを必要とする限り」

筱喬は、父の形見のドグタグと段ボール二箱分の栄養ゼリーを受け取って、また高架下の野戦病院へと戻された。

味方はどうして攻撃してこないのだろうと思って、ゼリーを負傷兵に配りながら、王《ワン》少尉に尋ねてみた。

「それは無理ですね。海兵隊にそんな余計な戦力はないし、台北から大規模な増援部隊を出すには、これも時間が掛かるし。防衛線の構築に集中して、敵の突破に備えるのが正解でしょう。解放軍も、こちらが寡兵だということは知っている。でも同時に、防衛線の硬さも知っているから迂闊に仕掛けられない。そんなに悪い状況では無いと思います。われわれも休めますよ」

「そうね……」

思えば、昨夜から徹夜だ。ボランティアとして、昨夜は防空壕で作業していた。夜が明けてから徹兵事務所に出頭して、自衛隊と行動を共にして昼にはもう捕虜だ。

くたくたなのは筱喬も同じだった。負傷兵は皆、最初は地面に寝かされていたが、雨が上がる頃、野営用のマットや、どこかの倉庫から持ってきたらしい簀《す》の子《こ》などの提供はあった。

酷い環境だし、負傷しているのに埃が舞う野外というのもどうかと思ったが、どこかの倉庫に避難して、爆弾を落とされるよりはましだと解放軍の兵士らは囁き合っていた。

筱喬は、二時間ずつ交替で寝ることを少尉に提案し、自分から先に休ませてもらうことにした。

雷炎《レイイエン》大佐は、指揮所として使っている倉庫の中に停めた猛士《モンシー》のバックシートで、衛星システムに繋いだパソコンの画面をじっと見ていた。ダウンロードが始まっていたが、なかなか終わらなかった。

「程《チェン》中尉、これ、何かおかしいんじゃないの？　全然終わらないけれど……」

「そりゃ、とんでもないサイズのデータをリクエストするからですよ。生の衛星写真が一枚どれだけのサイズだと思っているんですか？　こんなの、大陸のどこかにいる分析班に任せて結論だけ聞けば良いんです」

「自分で見ないと納得できない。このタブレット端末の性能で表示できるの？」

「ぎりぎりだと思います。バッテリーを食うから正直お勧めはしませんが。それだけの価値はあると信じていますからね」

「もちろん、あると思う」

ようやくデータのダウンロードが終わると、雷炎は、ドローンが撮影したデータをもう一つのタブレットで見比べながら、「なるほどね……」と独りごちて頷いたりした。

そしてようやく猛士から降りると、作戦テーブルが作られた空間へと歩いた。何かのコンテナを並べて巨大なテーブルが作られていて、付近の白地図に、敵味方の配置が太マジックで描き込まれていた。

姚提督と参謀長の万仰東《ワンヤントン》大佐が待ちくたびれたという態度で出迎えた。

「何かわかったのか？」と姚提督が質した。

「はい。敵の配置を正確に把握する必要がありまして。だいたい自分が考えていた通りでした。敵の防衛線です。空港近くと、海岸線寄りが一番分厚いでしょう。そして、この耕作地帯というか、広大な草むらが一番手薄です。残念だが現状ではここは突破できません。視覚的障害物が無い空間に戦車が露出して、四方八方からミサイルを撃たれる。ところで、戦車の利点は何だと思います？」

「機動力だ。言うまでもない。分厚い正面装甲を持った戦車があっという間に突っ込んで行って、大砲を撃ちまくって敵の陣地を破壊する」

そんなことは当たり前だろうという顔で万大佐が即答した。

「でも、対戦車ミサイルが進化した今日、戦車で正面突破なんてバカがやることです。戦車の魅力は、その機動力であっという間に敵正面を避けて回り込み、防備が手薄な側背を突けることです。ところが、戦車の機動力に物を言わせようとすると、歩兵は付いて来られない。視界が悪い戦車だけで進撃すれば、物陰に潜む敵歩兵から痛い目に遭う、そして戦車の時代は終わりを告げようとしている」

「何が言いたいんだ？」

と万大佐が苛々して問うた。

「いや、それより君はさっきから何を気にしていたんだ？」と姚提督が聞いた。

「ここです――」

と雷炎は、地図の海岸線付近を指し示した。

「竹圍《チューウェイ》海水浴場のこちら側はジャングルです。そのジャングルの中を細い道が何本か走っていますが、道の両側は、見上げるような高さのジャングルで、兵隊も戦車も、一メートルとその中に分け入ることは出来ない。敵はたぶん、その細い道路上に対戦車地雷を埋め、斥候も潜ませているはずです。ここの突破は出来ない。そのジャングルの向こうに竹圍海水浴場があり、その北側には竹圍漁港。この辺りの、自衛隊の配置というか、陣地を確認していたのです。もちろん海兵隊もいますが。不思議なことに、この辺りの防備が、取り立てて分厚いという事実を発見出来なかった。単に、人数がいるだけです。

ここは、開戦直後に、現地の郷土防衛隊がまず防御陣地や塹壕を掘って備えた後、海兵隊がやってきたが、今日は日中降り続いた雨のせいで、その増強は出来なかった。雨が上がった今も、地面は濡れていますから、展開した自衛隊は、ひとまずそのまま使っています。陣地の増強も、塹壕の拡張もない」

「それはそうだろう。こんな所を突破できるなんて誰も考えないぞ。ジャングルはあるし、ビーチはそれなりだが、走っている間は無防備だ。たぶん地雷も埋められている。ここから攻めてくる馬鹿はいない」と万大佐が訝しげに言った。

「でしょう。でも、その戦車が、水面を走って、いきなりビーチに上陸するとか、もっと背後に上陸して、背面を突くとしたら？」

「水陸両用戦車か！　すっかり忘れていた。うちの戦車は水面を走れる」

「水陸両用装甲車もね。普通、命からがら上陸した部隊が、また海に出て場所替えして上陸するなんて思わないでしょう。第2梯団が似たような戦術を採り、座礁した船内に隠したボートで、北側に再上陸しましたが、あれは歩兵のみで、しかも側背を攻撃するためではなく、別の都市を奪うためだった。台中まで辿り着いて成功はしたが。

　今回は、純粋に側背を突く戦術です。しかし、敵もバカでは無いから、当然海面を見張っている。ドローンも飛んでいる。だから、あまり後方には出られない。時間は掛けられません。当然、沖合は航空機でも見張られているから、これも沖合には出られない。ショート・ワープです。移動距離はほんの三キロ。部隊の移動時間はほんの十数分。敵が対応する前に再上陸して、敵の側面や背後を衝きます。上陸してすぐ歩兵を散開させれば、戦車が孤立せずに済む。そして、この南崁渓《ナンカンシー》に沿って布陣している敵部隊を削りつつ、最終的には空港へ。ケルベロスの助けもあれば、それなりに上手く運ぶはずです。当然、この防衛線の別の場所で、陽動の攻撃を仕掛ける必要もありますが」

「よし！　それで行こう。ＳＩＳも陽動に参加させる。上手く行けば、たかだか大隊規模の敵を一時間かそこいらで殲滅できるぞ」

「事前に、敵の注意を他の場所に集中させるため、空港側ぎりぎりにＭＡＮＥＴを張り、われわれがそちらを突破すると見せかけます。そして、呼応する軽戦車部隊は、本隊が再上陸を果たした後、攻勢に出て敵正面を突破する。敵には迫撃砲部隊が随伴し、この海岸線は、全て有効射程範囲内です。だから、ここを素早く移動し、敵と交錯し、砲撃を断念させます。敵が浮き足立っている所に、さらに第三部隊が、地雷原処理用の爆導索で、この草むらを啓開し、車両と歩兵が突破。東側から仕掛けてくるＳＩＳの攻撃と合わせて、全てが調和し、上手く運べば、四方向から、敵の防衛線を突破し、敵大隊を粉砕できます。自衛隊部隊の名称は、大隊ではなく〝連隊〟らしいですが」

「そうだ、雷炎！　それでこそ軍神・雷炎だ！　すぐ細部を詰めろ。あちこちに隠した車両部隊に攻撃準備を出す。作戦名は、頑健なる意志で抵抗を試みる台湾同胞に敬意を表して〝台北１０１作戦〟と命名する。良いか、敵を粉砕した後のことも考えておけよ。空港まで一気に制圧する」

「そこまではどうでしょう。あそこは要塞と化している。対戦車壕まで掘られています。戦車でたどりついたからと、一筋縄ではいかないでしょう」

休んでいた上陸部隊が、直ちに動き出した。程中尉は、陽動用のＭＡＮＥＴを展開するためにドローンを用意し、雷炎は更に、上陸した部隊ごとの攻撃目標を割り振る作業に没頭した。長くとも、一時間で決着を付ける必要がある。出来れば最初の一発から三〇分だ。それ以上掛かったら、空からの攻撃を招くだろう。いくら乱戦に陥ったとしても、動き回る車両は目立つ。上空から、武装へリやドローンで攻撃されることだろう。

失敗すれば、明け方には白旗を掲げることになる。雷炎は、個人的には、それで全く構わないと思っていたが……。


在日米軍横田基地に同居する航空自衛隊総隊司令部ビルの窓のない部屋は、深淵《アビス》を覗き込むという意味から、エイビス・ルームと呼ばれていた。

尖閣諸島魚釣島に解放軍部隊が上陸してきた時から、この部屋で、数多の作戦が立案され、実行に移された。

尖閣諸島の防衛に最も大きく貢献したのは、この部屋に詰めるスタッフたちだった。時には、ヘリを飛ばして総理官邸に出向き、総理と直々に作戦を話し合うことすらあった。

地下通路を歩いて隣の在日米軍司令部に出向いていた喜多川《きたがわ》・キャサリン・瑛子《えいこ》二佐が戻って来る。父親だった米空軍情報将校を戦争で亡くした彼女は、父親の人脈もあって、米軍に食い込んでいた。

開戦当初、この横田にも弾道弾攻撃があったが、幸い死者は出なかった。日本がこの戦争にフルで参戦することになった理由の大半は、その度重なる弾道弾攻撃で、少年野球チームを含む、数百人の民間人に死者を出したことが理由だった。

それは中国からしてみれば、日本にとって勝ち目の無い戦争から遠ざけるための脅しだったが、逆効果でしかなかった。

一分ほど遅れて、飛行服姿の航空総隊司令官の丸山琢己《まるやまたくみ》空将が現れた。

「で、米軍はどうしたいって？」と立ったまま喜多川に質した。

「災いの種は、早めに摘み取った方が良いだろうと。北海艦隊全戦闘艦艇への攻撃と撃沈、もしくは行動不能が最良の選択だろうと」

「言ってくれるよな……、彼ら大して協力もしないくせに。まず、可能かどうか聞こう。われわれの戦力だけで」

「結論としては可能です」

このチームを纏める総隊司令部運用課別班班長の羽布峯光《はぶみねみつ》一佐が、ホワイトボードの前に立って開口一番そう言った。

「出来ませんとは言えんよな……」

ホワイトボードには、積み上げた投入戦力の一覧が書いてあった。国産のF‐2戦闘機から、ヘリ空母二隻が搭載するF‐35B。そして、海上自衛隊のＰ－１哨戒機も含まれている。

「で、これを叩いた後にも、残る二個艦隊を攻撃できるんだね？」

「問題はそこでして。余裕はなくなります。海上自衛隊は使い勝手の良いマーベリック・ミサイルを使い果たしつつあるし、台湾空軍のハープーン・ミサイルも底を突きつつある。頼みの綱は、台湾山中に潜む米海兵隊のＮＳＭミサイル部隊ということにもなりかねません。さすがにそうなると、米軍の行動に期待するしかありませんが」

「その辺りの感触はどうなの？」と喜多川に
「ケツ持ちというか、尻拭いはするというニュアンスは得ました。さすがにここまで支えてきて、ミサイルがなくなったから、再び台湾海峡を明け渡すということは彼らも座視しないでしょう」

「もう少し、前向きな意見の表明を期待したいものだが」

「一応、ミサイルを温存するためと、核攻撃へのエスカレーションを防ぐため、攻撃規模のパターンは検討しました。第一案、中華神盾艦のみの攻撃に集中、第二案、中華神盾艦を含む、艦隊防空ミサイルを装備した艦への攻撃。第三案、全艦艇への攻撃」

と羽布がホワイトボードの一番下の欄を指し示した。

「それ、意味があるの？　だって、中華神盾艦にはそれなりの飽和攻撃を仕掛ける必要がある。すると、中華神盾艦だけに攻撃を絞るも、他の艦艇を攻撃するも、消費するミサイルの数は似たようなものだよね」

「仰る通りです。仮に、三〇隻の軍艦を攻撃するために用意できるミサイルを最大二〇〇発と見積もっても、一方、数隻の中華神盾艦のみに攻撃を絞っても、一五〇発のミサイルは必要になるかもしれない。残るミサイルはほんの五〇発。たいして節約にはなりません」

「P‐1はどのくらい出せる？」と海自からの出席者二人に質した。

「実は、不穏な動きがあります。九州から沖縄、台湾東海域を通って、東シナ海をぐるりと包囲しているSOSUSネットワークが、中国潜水艦隊の南下をキャッチしています。これまで沿岸部に引き籠もっていた潜水艦です。すでに一部は、大陸棚を過ぎ、太平洋の深いエリアに進出しているものと思われ……」

　こちらも飛行服姿で参加している哨戒機乗りの樋上幸《ひのうえこう》太《た》二佐が答えた。

「それ拙いよね？　味方護衛艦隊の側背を突けるということだろう？」

「そうです。なので、今全力を挙げて捜索しております。ただし、南西諸島沿いでの原潜撃沈は、国内世論的に問題が生じるので、基本は、発見し次第、爆雷を投下しての強制浮上を考えています。もちろん、艦隊には指一本触れさせません。それで、哨戒機は足が長くて物量もある程度運べます。翼下に対艦ミサイル、爆弾倉に航空爆雷を搭載して一〇時間は飛べるので、タイム・テーブルさえ決まれば、哨戒エリアから向かわせるのみです。航空優勢の確保が大前提になりますが、攻撃が終わった後は、また哨戒任務に戻れます。今現在、鹿屋《かのや》から発進するP‐1には、全て、両用作戦用のフル装備での離陸が命じられています」

「まあ、あの機体は、陸攻任務こそがお似合いだと思うけどね。潜水艦、見付けられるんだろうね？　いろいろ世間では言われているけれど」

　と丸山は意味ありげに突っ込んだ。

「自分の階級では、率直な意見は控えます。ただし、米海軍が、P‐8哨戒機を派遣してくれています。Ｐ‐８が敵潜水艦を発見し、Ｐ‐１が磁気探査《ＭＡＤ》で位置を特定、攻撃という段取りは、上手くいくはずです。米軍は、ソノブイを搭載した哨戒用ドローンも投入しています。米海軍が、海自艦艇の損失を望んでいないことは明らかです」

「わかった。障害要因は何だ？」

　と羽布に聞いた。

「この北海艦隊の移動が、自分たちを誘き出すための罠である可能性です。沿岸部ぎりぎりに航行しているので、われわれもそれだけ大陸に接近する必要があります。沿岸部の空軍基地やレーダー・サイトはおおよそ潰しましたが、われわれが沿岸部まで近づくとなれば、地上の地対空ミサイル、大陸奥からの出撃でも十分迎撃できる。これは、味方のＦ‐15やＦ‐35Ａ、台湾空軍戦闘機が、航空優勢を獲得している前提で組み立てられる作戦ですから」

「それを心配していたら、何にも出来ないけどね……。喜多川君と樋上さんは同行してくれ。官邸で総理に上申して急ぎ決断を仰ぐ。自分としては、米軍の意向も踏まえた上で、今、全艦沈めるも、明後日沈めるも同じであり、蜂の巣が大きくなってから叩くより、今のうちに焼いた方がましです、と進言するつもりだ。だが、そういう大規模な攻撃は、核での報復を招きかねない。全滅を企図するとなると、高度な政治判断になるだろう。作戦は、北海艦隊全艦撃沈を前提に進めてくれ。作戦名は？」

「ちょっと、後ろ向きな名前ですが、〝剣ヶ峰作戦〟と命名しました。米軍にもＫＥＮＧＡＭＩＮＥで説明してあります。日本の山岳地帯に各所ある名称で、一般的には、物事の困難さのピークを表す言葉だと」

　と羽布が説明すると丸山は「ああ！……」と天

を仰いだ。

「……確かに、ここが剣ヶ峰だろうな。昨日はアイガー、今日はジャンダルムと。毎日命懸けの山登りだ。もうエベレストやK2はないものと信じたいね。ヘリを待たせている。五分で出るぞ！」

丸山は腰を下ろすことなく部屋を出て行った。北海艦隊が、東海艦隊と合流する前、あるいは、大陸沿岸部の奥まったエリアに退避する前に、作戦を敢行する必要があった。最悪でも、夜明け前には開始しなければならない。

桃園空港北西の消防署に間借りする名寄第三即機連には、解放軍部隊が動き始めたとの情報がもたらされていた。台湾軍無線傍受部隊からの報告で、解放軍がドローンを飛ばし、MANETを展開し始めたとのことだった。

「どの辺りだ……」

暗視照明の下で、白地図を囲みながら、堤宗道一佐が聞いた。

「空港沿いに走っていた15号線が、海側に少し膨らむ辺りですから、ここから直線距離で一キロ前後ですね。台湾軍海兵隊の配置があります。南に待機しているキドセンを今の内に移動しておきますか？」

と作戦幕僚の長谷部弘三佐が問うた。

「いやぁ、こっちからの攻勢は無いんじゃないの？　だってずっと畑だよ。視界を遮るものは何もない。戦車はともかく、こんな所に歩兵が突っ込んできても、迫撃砲の餌食になるだけじゃん。何かの陽動じゃないかな。一応、迫撃砲部隊に、その辺りへの砲撃に備えるよう伝えて頂戴。まだ肝心の敵戦車は現れないんだね？」

「空港周辺に、こう巨大倉庫が多いと……。しか

もあれ、まだ雨が止む前にそこに逃げ込みました
から、履帯の跡もない」
「彼らももう休息は十分に取っただろう。いい加減に仕掛けてくる時間帯ではあるぞ。ケルベロスとか現れても、軽挙妄動せずに応戦できれば良いが。ドローンによる警戒を密にせよ、バッテリーを朝まで温存する必要は無いと全部隊に徹底してくれ」

まだ銃声は聞こえない。報告では解放軍はどこの戦場でも、ＭＡＮＥＴを展開し、行動するエリアを全て無線ＬＡＮで繋ぎ、戦場全体の様子を分隊長レベルで、自分の掌に映すように把握して攻めて来るという話だった。

自衛隊の地方部隊に、そんなオモチャが回ってくるにはまだ一〇年は掛かるだろう。

第四章　機動戦闘車

田口は、ブッシュマスターを郷土防衛隊の防御陣地の手前で止めさせた。正直、空港のこんな近くなのに、最前線を守っているのが正規軍ではなく、郷土防衛隊だという事実に驚いた。

陣地は、廃タイヤを積み上げた防壁で守られていた。積み上げた廃タイヤの中にひたすら土くれを入れて土嚢代わりにしてあった。

だが、彼らが持つ武器と言えば、アサルト・ライフルと手榴弾のみだ。そのライフルも、M‐4系列ではなく古めかしいM‐16だった。軽機関銃の一挺すらない。ここを突破しようと思ったら簡単だ。戦車なんか要らない。守らねばならないだだっ広い土地で、空港だけが要塞化されていた。

アイガーこと吾妻大樹三曹は、ポケットをまさぐり、余計なものが入っていないことを確認した。正規部隊の古めかしいプレート・キャリア・システムは、先進国の軍隊とは思えない代物だ。重くて、しかも防弾機能は全く不十分。防弾プレートは前と後ろしかなく、サイドは守れない。

ジャスパー・ルオこと孟迅《モンシン》二等兵は、H&kのG36アサルト・ライフルを持っていたが、それも車内に置かせた。

「この銃、捨てないで下さいね！　俺のラッキー・アイテムです。肩当てのストック部分に、何か刻んであるんです。キリル文字に似ているけど、ロシア人が使っていたわけはないから、たぶんこれウクライナで誰かが使っていたのが、回り回って台湾防衛に提供されたんだと思います。大事な銃です」

「敵と遭遇したら、どう振る舞うんだ？」と田口が聞いた。

「はい。自分らはただの迷い兵という立場を貫いて、最初は、味方と遭遇したつもりでこちらから呼びかけます。で、向こうが解放軍だとわかったら、少し怯えた感じで、撃つな！　と叫んで、でも脱走兵だなんてことは絶対に口にしないようにします。怪しまれるだけですから。連れは自衛隊の高級将校で、ちょっと高く売れるようなニュアンスで……。いきなり、撃たれるなんてことは無いですよね？」

「敵が冷静なら無い。こんな所で発砲したら、そのマズル・フラッシュへ向けて十字砲火が浴びせられる。ろくなことにはならないから、最前線の斥候や陣地には、不審者と遭遇しても、命令のないうちは絶対に発砲しないよう徹底されている」

防御陣地を過ぎて、細い路地を二回曲がった。この辺りは、普通なら双方の斥候が出て潜んでいるはずだ。

もちろんドローンも飛び交っている。暗視ゴーグルはどうしても接眼レンズの光が外へと漏れる。田口らは、ゴーグルは消したまま月灯りで歩いていた。遠くでは照明弾も上がっている。明るくはないが、夜目に慣れると、真っ暗闇というほどでもない。

「この辺りが限界だな……。一〇〇メートル進んで左へと曲がれ。そこに建築資材の資材置き場がある。そこで、最低三〇分は過ごせ。そこから向こうはもう完全に敵の支配エリアだ」

「敵の兵隊がそこに陣取っている可能性は？」と二等兵が聞いた。

「ドローンで覗いた限りは無いが、上手い兵隊なら当然、居場所は隠せるだろう。むしろ気付いてもらえるなら幸いだが、そういう場合は、いずれアイガーが気付ける。じゃあ、アイガー、後は頼むぞ」

「了解。最悪の場合は、捕虜交換のリストに入れといてくれ」

「ウイグルのどこか辺鄙な場所の収容所とかだったら、自分で脱出しろよ。その手のサバイバルはお手の物だろう？」

「ああ。ヒマラヤに寄って帰る」

アイガーを先にして、二人が暗闇に消えて行った。

「当たりが出れば良いが、万一、大陸に後送となったら、二等兵は感染死、アイガーはワクチンを打っているとは言え、やがて正体がばれて、薬漬けにされて俺たちのことを洗いざらい喋る羽目になる……。本当に必要な作戦だったのか」

と比嘉がぼやいた。

「潜入訓練の成果を出す時だ。それに、自衛隊の作戦行動中に起こったことは、責任を持たなきゃならんだろう。俺が行っても良かったんだが、狙撃兵は目つきが悪いから、すぐ正体がばれるとガルが言ってな」

「まさか。俺ら、聖母みたいな優しい目つきだと思うけどなぁ」

引き返すと、陣地の中で動きがあった。敵が動き出したから警戒しろという無線が飛び交っている様子だった。

「いったん、俺たちも本隊と合流しよう」

「戦車がいなきゃ、もっと早くに本隊も到着してたのに」

「戦車は関係無いだろう。戦車随伴を理由にして、愚連隊を三、四時間寝させるのが目的だと思うな。奴らは若くて優秀だが、スーパーマンじゃない」

耳を澄ましても、銃声は一発も聞こえてこない。遠くで照明弾が上がっていたが、頻度的には、まだ接近する敵を時々牽制しているという程度だった。切れ目無く地上を照らしているわけではなかった。

解放軍の陽動部隊が行動を開始し、装甲車両と歩兵が、MANETの展開エリアへと前進を開始した。

自衛隊のスキャン・イーグルもその様子を捉えていたが、その近くで、海岸へと向かっている別働隊がいることには気付かなかった。

その沖合の動きに最初に気付いたのは、ドローンの類いではなく、海岸線に潜む海兵隊の斥候兵二名だった。

ビーチから少し下がった背丈ほどあるブッシュの中で、カムフラージュ用のギリースーツを頭からすっぽり被った二人の斥候は、ただひたすら打ち付ける雨に耐え、藪蚊やブヨと戦い、一日を過ごした。交替で寝ることになっていたが、暗くなれば二人ともどうしても眠くなる。

眼の前のビーチは、すでに地雷原と化している。敵兵がここを越えてくることも無ければ、横に移動するとも思えなかった。

だが、一人が、遠くから聞こえてくる車両のエンジン音で目を覚ました。辺りに人工物はない。そのブッシュを抜けた陸側には、数年前に営業を止めた釣り堀があり、四〇〇メートル南には、使われなくなった軍の見張所がある。真っ先に砲撃で破壊され、今は瓦礫しか残っていなかった。

二人は、暗視双眼鏡を使い、水陸両用戦車一〇両が、すぐ眼の前を通過したことを確認してから、無線を使った。

　空港端の海兵隊指揮所は一瞬、騒然となったが、すぐ収まった。どちらが主攻なのかまだわからなかった。そして、いったん海上に出た敵部隊が、どこに上陸してくるかも。

　名寄第三即機連指揮所では、直ちにスキャン・イーグルを洋上へと向け、他のドローンも飛ばすよう命令が出た。

　洋上へと向かったスキャン・イーグルは、単縦陣で進む水陸両用戦車と水陸両用歩兵戦闘車を発見した。三〇両から四〇両はいた。05式、ともに同じファミリー戦闘車として開発された車体だ。歩兵を乗せるか、一〇五ミリ・ライフル砲を搭載しているかの違いしかない。大砲が出ているのが戦車、そうでないものが装甲車ということになる。

「側面か背後か……」

　と作戦幕僚の長谷部弘三佐が、ドローンの映像を見ながら呟いた。

「君なら、どっちを攻めるね？」と堤連隊長が尋ねた。

「背中はないでしょう。上陸は容易ですが、川を渡らなきゃならない。もたもたしている間に、迫撃砲攻撃を受けて全滅します。側面なら、敵とすぐ交戦状態に持ち込めるから、迫撃砲の攻撃は抑制できる。迫撃砲部隊、待機させますか？」

「そうしよう。海水浴場か、隣の漁港か……。まあ両方だろうな」

「今の内に、南に布陣した二個小隊のキドセンを呼びましょう」

「いや、主攻はこっちだろうとは思うが、われわれが浮き足だった所を見計らって、空港側も突破するつもりだろう。なんでスイッチブレードとかうちには無いんだろうね？」

「ウクライナ戦争での活躍で、奪い合いになりましたからねぇ……」

「あの程度の自爆ドローンなら、日本の工業力で開発できるだろう。値は張るだろうが」

「仕様を決定するまで、三年間稟議書を回し続ける羽目になりますよ。で、その途中で人事異動が入り、『俺は聞いてない!』の一言で、また一から始める羽目になる。メーカー選定にそこからまた三年ですかね……。一〇年もあれば、ガラパゴスな試作品が出来るんじゃないですかね」

「たかが自爆ドローンの開発に一〇年?……。うちはそんなものだろうな。で、試作品が完成した頃には、その兵器はもう陳腐化している。自衛隊は巨大な官僚主義に呑み込まれて、税金を無駄遣いするわけだ。国民はこんなに貧しくなる中、世界でベスト10の軍事費を使っているのに、いったいわれわれの装備は何なのだろうなぁ」

「でも、キドセンは良い戦車ですよ。戦車擬きとは言え」

「でもあれさ、10式戦車より新しいのに、ネットワーク機能があるとか言って良いの? 解放軍が、MANETの展開に執着するのは、例の05式のファミリーが、ネットワーク化されているからだよね?」

「金満な解放軍のことだから、そういう改修はあったと見るべきでしょうね。どこまで指揮統率に利用出来るかはともかく」

「山崎さんが上手くやってくれることを祈ろう。歩兵はパンツァー・ファースト3しかないが。あんなの台湾兵の隣で使えるのか」

「軽MATを見せびらかして、いざとなったら勿体無いからとパンツァー・ファーストで撃つんです。でも、アルミ車体くらい抜けるでしょう。その前にキドセンが処理してくれることを祈りますが。カールグスタフの2を持参せずに済んだのがせめてもの幸いです。あんな古いオモチャを使っているのはうちくらいですからね」

「敵は、歴戦の部隊だ。うちは事実上初陣、隊員が怯まなければ良いが……」


機動戦闘車中隊長として海岸寄りに布陣する山崎薫三佐は、偽装ネットを被った愛車を降りて、その隣でタブレット端末の映像を見ていた。

第1普通科中隊長として三個小隊と八一ミリ迫撃砲小隊を指揮する志村《しむら》巌《いわお》三佐が横にいた。

「やっぱ、こっち来ますよね……」

「そうだねぇ。第一陣の戦車は、うちの倍。歩兵の数も一・五倍くらい？」

「そんな感じですね。でもあれは半分はすぐ戻って、次の客を乗せて現れることでしょう。付近に戦闘機でもいたら、ミサイルでも何でも落として欲しいですが」

「遠くに時々聞こえていたヘリの音は、戦闘ヘリだよね？」

「接近できれば良いですが」

白波を蹴立てて海岸と平行に走っていた水陸両用戦車が、ゆっくりと舳先を陸側に向けた。海岸線までほんの三〇〇メートルしかない。

そして、洋上から主砲の一〇五ミリ砲をぶっ放した。目標は、海水浴場の後ろにある海巡署基地だ。ここも、海岸を見張るための鐘楼があって、海側からは目立つ建物だ。すでに緒戦で爆撃され、建物は人が入れる状況ではなかった。

「ま、予想した通りの場所だよね……。あそこは海水浴場だから、地雷は撒けなかったんだろう」

「ええ。でも、雨上がりにある程度、地理は把握したし、台湾側の陣地は教科書通りに構築してある」

「それ、元を辿れば、旧日本陸軍の教本からだよね。じゃあ私は、配置換えをする。生き残れよ。みんなで名寄に戻ろう！」

「そちらもご無事で。信じてますから！」

「こっちもだ。信じているぞ」

山崎は、中隊長車に乗車すると、ただちに二個小隊の配置換えを命じた。今までキドセンを置いていた場所は、あくまでも、敵のドローンに拝ませるための偽のポジションだ。上から見れば、なるほどそこに置くのか……、という場所だが、山崎は、海岸線で迎え撃つ気は無かった。数では敵の方が圧倒している。いくら上陸時は無防備だと言っても、数で負けている側は、いつかは撃ち負ける。

もう少し敵を内陸部に引き入れて撃ち合うつもりでいた。防大を出て、戦車兵になった。スタートは90式戦車。装輪戦車は、本物の戦車ほど融通は利かないし、もちろん装甲も薄いが、これはこれで楽しい戦車だった。

すぐさま一個小隊三両を率いて空港側へと引き返し、15号線で空港北側を流れる南崁渓を渡った。そこから護岸沿いに走って迎撃位置へと向かった。

志村三佐は、82式指揮通信車で、空港へと続く漁港路を走り、ごちゃごちゃした住宅街の横に停めさせた。そこの三階建ての建物に指揮所が設けてあった。

味方の歩兵を、陣地から後退させる命令をすでに出してあった。台湾軍海兵隊が入れ替わりでそこに入り、ある程度足止めすることになる。

ドローンの映像では、海巡署の横を抜けて、まず05式水陸両用歩兵戦闘車が出て来た。その背後には05式水陸両用戦車。お手本通りに歩兵はすでに散開していた。

照明弾が上がるのがわかる。それも複数。辺りは突然明るくなった。歩兵戦闘車が、高架下に作られた無人の陣地へ向けて三〇ミリ砲を連射した。

「まだだ……。まだだぞ……」

歩兵戦闘車が高架下をくぐろうと藪の中に入ってくる。

山崎は、八〇〇メートルは離れた川の対岸から、土手の下に車体本体を隠し、砲塔だけをのり面の路上に覗かせて、車内でドローンの映像を見ていた。出発直前に、初歩的なネットワーク機能だけ付与されたのは幸いだった。これをネットワーク機能と言って良いかは疑問だったが、少なくともドローンの映像は受信出来る。

優先ターゲットは戦車だ。

「よし、砲塔をこっちに向けている奴だ。あれから殺る！　全車、叩き込む。そしてその前の、砲塔側面をこっちに見せている奴だ。その二両を殺ったら、あとは各個好きに撃て！　砲撃……、開始！」

三両の一〇五ミリ砲が一斉に火を噴いた。砲身をこちらに向けていた戦車に三発とも命中してその場で立ち止まった。続いてその前方を走っていた一両を葬る。さらに、中隊長車は、海巡署の影から出て来たばかりの歩兵戦闘車を葬った。

ここからだと、二〇〇メートル近い直線道路を見渡すことが出来る。敵は左右をジャングルと海巡署に挟まれ、その道路を走るしかないのだ。

三両の戦車装甲車が擱座すると、高架下に隠れた先頭の装甲車両に向けて、住宅街の中から軽MATが発射された。その後は、高架の道路上に潜んでいた台湾軍海兵隊員がコンクリのガードレールを盾に身を乗り出し、下で滞留していた解放軍兵士へ向けて斉射を始めた。

十字砲火を浴びている場所は、恐らく対戦車ミサイルを担いでいた敵だろう。海兵隊員には、自衛隊の戦車を死守せよ！　という命令が出ていた。

さらに、空港敷地内で待機していた、三個小隊の八一ミリ迫撃砲部隊が、海岸線から伸びる一本道を狙って迫撃砲を発射し始めた。一分間、着弾修正を挟んでほんの四斉射の砲撃だったが、辺りは血の海と化した。中に、一本だけ一二〇ミリRTも混じっている。敵を恐怖に陥れるためだった。

「よし！　次は漁港から出てくるぞ」

志村は、二手に分かれたもう一方へと注意を向けた。漁港とは言っても、西半分はプレジャーボートの泊地で、レストランが連なる小洒落た港湾施設だった。

だが最終的には、ここも街へ抜けるには道路は一本しかないのだ。そこで、絶対防衛ラインの河口部を渡って空港へと向かうしかない。

だが、今度の装甲車部隊は、歩兵を散開させはしたが、歩兵が先行するのを待たなかった。

出力全開で、その一本道を走ってくる。高速高架下をくぐり、あっという間に絶体防衛線の背後へと侵入して来た。

軽MATが一発撃たれて先頭の装甲車を撃破したが、たちまち後方の戦車から反撃を喰らった。幸い、狙って撃ったものではなかった。

敵車両部隊の速度は出ていたが、三〇〇メートルの直線道路は、対岸のキドセンから良く見えた。しかも横腹を晒すしかない角度の道路だった。

「どれでも良い。各車任意に狙って撃て！」と山崎は無線で命じた。

時速五〇キロ近いスピードで疾走している。視界に入る瞬間はほんの一瞬だ。山崎は戦車を優先して狙って撃った。敵が歩兵を置き去りにして疾走するのは想定外だった。

山崎は、先頭の戦車に狙いを付けて撃った。道幅が広い道路だが、前方車両が擱座すれば、後続車は減速するしかない。

だが、運動性能が良いのか、後続車は、ほんのちょっと減速しただけで、燃える味方車の横をすり抜けて行った。砲身をこちらに向けながら。

そして、何両かが、住宅街の中へと消えて行った。

そこは、志村が指揮所を設けた建物がある漁港路だった。ほんの数メートル下の路上を戦車が疾走した時はぞっとした。緩やかなカーブを戦車が走り去って行く。だが、15号線と交わる交差点の手前に、車両留めのバリケードが作ってあった。

戦車砲が発射されてバリケードが吹き飛ぶ。だが、次の瞬間、左右からパンツァー・ファーストがお見舞いされ、戦車は擱座した。その背後にいた装甲車は、側道へと逃げたが、味方隊員が、パンツァー・ファーストを担いで追い掛け仕留めた。

そして、次は、漁港周辺への迫撃砲攻撃。ここでも一分間に四斉射のみだった。

連隊指揮所で、堤一佐は、「まあ、最北の地で長年、ソヴィエト軍との戦闘に備えてきた連中を舐めてもらっちゃ困るよね……」と満足げに頷いた。

照明弾は上がり続けている。戦車や装甲車の半分は潰したつもりだが、歩兵は散開に次ぐ散開で、あちこちに散らばっていた。今度は、激しい銃撃戦が始まろうとしていた。

サイレント・コア一個小隊を率いる原田拓海一尉は、今は台湾陸軍新兵からなる一個大隊を率いていた。独立愚連隊と呼ばれる彼らは、原田小隊のコマンド二人につき二個小隊という形で預けられ、解放軍に包囲された新竹を解放、奪還に成功していた。

もともとここ桃園から出発した部隊だったが、

再びこの街に戻ってきた。戻ってきた時には、百名以上の兵士が減っていた。それだけの数の戦死者負傷者を出していた。

　その移動は、軍用車両でというわけにはいかず、観光バスやコンテナ車を仕立てての奇妙な車列だった。

　原田は、四〇フィート・ハイキューブ・コンテナを改造した指揮通信車両〝ベス〟で移動していた。外見はほぼ、普通のコンテナ車だ。近づいてよく見ると、あちこちに突起やアンテナがあり、ルーフにはフェイズド・アレイ・レーダーに対空ミサイルまで格納装備されている。

　車列は、空港南東側の南青路《ナンチンルー》を走っていた。原田は、歩兵が乗る車両を前に出させると、自身の指揮車両はいったん止めさせ、運転席側の蚕棚ベッドで寝ている指揮官を起こさせた。

　水陸機動団の格闘技教官兼北京語講師の司馬光《ひかる》一佐が、この独立愚連隊の指揮官だった。

　司馬が起きてくると、ガルこと待田一曹が、指揮通信コンソールの一番大きなモニターで状況を説明した。

「敵は、海側から味方の背後に再上陸して来ました。第一波の機甲部隊はほぼ撃退しましたが、歩兵同士の激しい撃ち合いになっています。また、同時に、この空港脇のだだっ広い草むら、そして少し南側の空港そばの合計三箇所で撃ち合っています。主攻は恐らく海側ですが、内陸側二箇所も予断を許さない状況です」

「誰か炭酸頂戴！――」

　と司馬は不機嫌な顔で告げた。原田が自ら指揮官スペースのミニ冷蔵庫から炭酸の缶ジュースを一本持って来た。

「即機連はキドセンを持っているんでしょう？」

「はい。健在です。健闘しています」

スキャン・イーグルが、眼下での激しい戦闘の模様を捉えていた。双方で曳光弾が激しく交錯していた。

「ねえ、ここは……、十対一くらいで撃ち合っている感じだけど、というか、相手は曳光弾を使っていない。で、この火力差なのにどうして敵は黙らないのよ?……」

司馬が、モニターの一箇所を指し示した。確かに、十字砲火が浴びせられている場所があるが、敵が撃っているようには見えない。それでいて味方の銃撃も止まない。

待田は、映像をそこにズームさせた。

「あらら……、これが噂のケルベロスなの?」

相手も撃っている。だが曳光弾は使っていない。

「複数いますね。場所は、例の小川です。即機連が絶体防衛線として設定した小川。たぶん、河口付近からこっそり登って来たのでしょう。五、六台はいそうだな……」

「これ、マガジン交換とかどうやっているのよ?」

「アサルト・タイプは、アモボックスと同じベルト給弾です。ショットガン・タイプはドラム」

「これ、たかがロボット犬相手にこんなに撃ちまくっていたんじゃ、マガジンが何本あっても足りないわよ! なんで側面を抜かれたのよ? そっちからやってくるに決まっているじゃないの」

「いえ。でも用意はあったみたいです。確かに絶体防衛線の後ろで戦闘になってはいますが、第一波の撃退には成功している」

「これで? 第二波第三波、持たないわよ? 兵隊は生きていても弾切れするでしょう」

「なので、自分たちが行きます。今、戦車部隊の隊長さんを待っている所です」

原田が、車外カメラのモニターに視線をくれながら言った。後ろから近づく10式戦車が減速していた。

「ファームの中隊をひとまず南側へ向かわせなさい。彼ら、対戦車武器は持っているの？」

「ＡＴ‐４ＣＳ。ジャベリンも少しはあったはずです。それと、即機連のキドセンが六両いますので、しばらくは持ち堪えられるでしょう」と待田が。

「戦車屋って、なんで指揮官まで戦車に乗りたがるのかしら？　10式なんてネットワーク戦車なんだから、指揮官は装輪の指揮車両で良いじゃないの。男って、つまらないことに拘るのね」

「あれが戦車屋の誇りですからね。車長席から身を乗り出して命令するのは気分が良さそうだし」

　10式戦車が〝ベス〟の背後で止まり、西部方面戦車隊を率いる舟木《ふなき》一徹《いってつ》一佐が、後ろから乗り込んで来た。

「舟木さん、どうして貴方がたった四両の小隊を率いてこんな所にいらっしゃるの？」

　司馬が怪訝そうに尋ねた。

「良い質問です！　新竹では、犠牲も払ったが、良い戦いが出来た。あとはまあ落ち武者狩りみたいなもので、自分が箸の上げ下げのような命令を出す必要は無い。部下に経験を積ませるのも出来る上司の務めです。戦車無用論を説く財務官僚を黙らせる動画も山ほど撮ったし、自分は新たな戦場の指揮を執るべく付いて来たわけです。名寄のキドセン部隊を指揮している山崎は優秀ですよ。心配はない。ただ、自分らが来て良かった。敵の後続はまだありそうだから」

「四両をどう配置しましょうか？」と原田が先を急いだ。

「状況は検討済みだ。四両全てを北端へと向ける。南側は拓けているから、個人携行の対戦車兵器で十分だろう。無傷なキドセンもいるし。北西側はごちゃごちゃし過ぎている。いくらドローンで見えているとは言え、一度ロストするとやっかいだ。これが噂のケルベロスか……。味方はなんでこんなに撃ちまくっているんだ？　弾があっという間になくなるだろう」

「台湾軍も同じ目に遭ったようです。倒せるが、弾の消費が激しいという報告を聞いています」

「そういう時の軽機関銃だよね。君らのエヴォリスで、とっとと掃討してやらんと。あれは、トラウマになるぞ」

　突然、頭上を戦闘ヘリのローター音が通り過ぎた。

　空港に展開している迫撃砲部隊が再び攻撃を加えている。

「これ、航空支援を要請した方が良いね。爆撃で一掃するしかないと思うけどなぁ。君ら、レーザー・デジグネーターくらい持っているだろう。誘導爆弾で精確に狙って敵をミンチにするしかない。水機団長にそれ要請して、すぐに――。自分はキドセン部隊と連絡を取りつつ前進する。独立愚連隊の活躍にまた期待する。新竹とはまるで違う戦場だが……」

　舟木が〝ベス〟を降りると、原田は、隊列の先頭で軽装甲機動車に乗る王文雄《ワンウェンション》海兵隊少佐を無線で呼び出し、航空支援を要請した。彼が先行し、独立愚連隊を通すために、幹線道路上の軍のバリケードを一つ一つ開けさせていた。

　即機連を率いる堤一佐は、窓の外に赤いレーザー光が走ったのを見てぞっとしたが、次の瞬間には行動に移っていた。

　89式小銃にマガジンを突っ込むと、三階のベランダに出て下の道を見下ろした。ケルベロスが首を左右に振りながら向かってくる。もうすぐそこまで来ていた。

路上で、バリケードの向こうから味方が撃っていたが、弾を弾いているように見えた。

堤は、いったんベランダの壁に隠れると、ケルベロスが真下に来た頃合いを見て、身を乗り出してフルオートで銃を撃った。

それでようやく仕留めた。リチウムイオンがパッ！　と派手に燃え上がる。

だが、その様子をしばらく眺めていると、また隊員が怒鳴り声を上げた。

左方向を見ると、次のケルベロスが向かってくる。しかも、こちらは走っていた。明らかに走っている。それも軽やかに走っている感じだった。シェパードが疾走するほど速くはないが、間違い無く走っている。しかも、右へ左へと蛇行を繰り返して弾を避けながら走っていた。


挙げ句に、なぜか、赤い可視光レーザーは発していない。

「新型なのか！……」

ケルベロスの首が一瞬上を向いて堤の存在を認めたが、撃っては来なかった。撃てないのだ。首は可動範囲が広いが、銃はそうではない。基本的に胴体と一体化している銃は、後ろ脚を折りたたむ範囲内でしか上は狙えない。

それは察しが付いたが、撃ち降ろす暇は無かった。ケルベロスは、道路を封鎖するように配置されている防御陣地にジャンプして飛び込み、殺戮を繰り広げた。

ここからはもう為す術はなかった。

「全部隊に警告！　新型のケルベロスがいるぞ！　可視光レーザーも発せず、走ってジャンプもする。気を付けろ！　と」

いったいこいつはあと何台いるんだ？　と思っ

た。

　雷炎《レイイエン》らは指揮所の倉庫に留まっていた。もし作戦が成功すれば、時間と危険を冒してまた洋上から移動する必要は無い。送り出した味方の突破に備えて指揮所に留まっていた。

　だが、状況は芳しくなかった。敵は備えていたのだ。

「何が起こったのだ？　雷炎」と姚《ヤオ》提督が質した。

「敵は、沖合に水陸両用車を発見した途端、戦車擬きの配置をがらりと替えて歩兵も下がらせました。そして、こちらがたったの二本の隘路を前進するしかないことを踏まえて迫撃砲を撃ち込んできた。失敗です……」

「失敗ではなかろう。確かに戦車は殺られたが、歩兵は前進を続けている。ケルベロスの助けも借りて。続ける価値があると思うぞ。参謀長の意見はどうだ？」

「三〇分前とは勢力図を塗り替えた。われわれは敵の背後に浸透しています。このまま押し続ければ、敵の防備を粉砕できます。たかが緒戦で、多少、見込み違いの犠牲が出たというだけです」

「多少ですって？……」

　と雷炎は絶望的な表情で首を振った。

「私が立てた幼稚な作戦で、たったの三〇分で戦車が何台も焼かれて乗員が死んだ。たぶん、三〇人とか四〇人とか。そして歩兵が銃弾に倒れて……」

「雷炎。君のそういう人間的な所は嫌いじゃないし、正直、そういう所を失ってほしくもないと思っている。私の本音だ……」

　と姚提督は優しく語りかけた。

「だが、第一にこれは戦争だ。君は、軍隊なんていつでも辞められたのに、ずっとそこに居続けた。

軍隊というものの性格を知らなかったわけではあるまい。軍隊が勝つために犠牲を払うことは大前提だ。そして、われわれがあの台北101ビルへと達すること以上に、わが解放軍にとって崇高な使命、大義ある戦争はない。国がひとつになろうという努力を妨げる者たちを許してはならん！　私の指揮と命令で、何千人もの若者が死んだ。一人っ子の若者たちが死んだ。親が報われることはない。親もまたこの戦争の犠牲者だ。私はそのことに責任を負う。誰かが、やらなきゃならん！　かつては毛沢東《マオズウドン》の妄執で、何千万もの人民が死んだ。だが彼が英雄である事実は動かない。スターリンもだ。誰かがその罪を背負って戦わねばならない。私はそれを天命として受け入れる。

程《チェン》中尉、あの戦車擬きは脅威だ！　ドローンで常に位置を把握し、撃破できるよう味方を誘導しろ。次の戦争では、ロボット犬に対戦車ミサイルを担がせるべきだな。

われわれは押している。兵士が死んだ分、確実に押しているぞ！　あと一歩だ」

あと一歩なものか！　と雷炎は胸の内で叫んだ。たかが空港ひとつ奪った所で、台北はあまりにも遠い。そして解放軍には、次の増援部隊を送り込む余力はもう残ってはいないのだ。たかが百数十キロの海峡を渡って兵隊を送り込む術《すべ》はもう尽きている。

今以上の犠牲を払って戦争継続するのは無謀で無責任な行為だ。自分はその行為の最大責任者だった。この惨めな負け戦の戦犯だ。

台湾陸軍《第601航空旅団》＝別名〈龍城部隊《ロンチャン》〉の藍志玲《ランチーリン》大尉は、愛機のAH‐64E〝アパッチ・ガーディアン〟戦闘ヘリコプターを操り、桃園空港を右翼に見ながら、MANPADSを避けて大きく戦場を回り込んで洋上へと抜けた。

敵が上陸したビーチは、地雷が埋めてあったはずだが、さほど練られた埋設ではなかったのだろう。さして阻止する効果はなかったようだ。

今回、どうしてまた洋上に出て回り込む作戦を取ることになったのかは知らなかったが、彼らが再上陸した海水浴場やヨット・ハーバーは良く知っていた。休日にプライベートでも遊びに来たし、軍の広報用マスコット・ガールでもある藍大尉は、この辺りで水着写真を撮ったこともある。

彼女は、戦闘ヘリの美人パイロットという設定だった。リクルート用のただのキャラクターだと国民は信じ切っていたが、この戦争の最中、彼女が魚釣島で撃墜された時、彼女が正真正銘の、それも相当に腕の良い戦闘ヘリ・パイロットだと軍は公式に発表した。

敵の対空火器を避けるために、敵部隊から最低七〇〇〇メートルの距離を取って沖合へと出ていた。高度は三〇〇フィート。この沖合で、今日、何十隻もの軍艦や、民間の貨物船が沈められた。もちろん味方の軍艦も沈んでいる。

「大尉、この辺りで十分です。反転して下さい」

前席ガナーの田子瑜《ティエンズーユィ》少尉が報告する。

「敵の両用戦車両は見えていて？」

「いえ、海面の状態が良くないですね。ですが、引き返せば見えてくるはずです」

一八〇度転針して再び海岸線を目指す。

敵の水陸両用戦車が、赤外線カメラに捉えられた。

隊列を組むことなく、めいめい進んでいる。引き返して来る装甲車両もあった。

「一発ずつ撃って頂戴。ヘルファイアの補給は本当にあるのかしら……」

部隊は遂に弾切れを起こしていた。本来なら両翼スタブ・ウイング下に八発装塡されているはずのヘルファイア対戦車ミサイルが、今は四発抱えただけで離陸する羽目になった。

「ヘルファイア・ミサイル。軍ではわれわれしか使って無いですからね……。米軍からいったん日本に手渡されてそこから運ばれるとなると時間は掛かるかも知れませんね」

狙いを定めて、ミサイルが一発ずつ発射される。三発目を撃った所で、水陸両用戦車が、一斉にスモーク・ディスチャージャーを発射するのが見えた。

二発は命中したが、残る二発は外した。

「せめて八発あれば……」

「ロケット弾なり、30ミリで狙いますか？」

「いえ、ロケット弾では、たとえ命中してもちょっと傷を付けるだけだし、敵も30ミリ砲は持っている。撃ち合いになったらこちらの方が脆弱よ。引き揚げて陸上の援護に回りましょう。MANPADSを担いでいる歩兵が確認できたそうだから、あまり出来ることは無いだろうけれど」

「でも、解放軍は凄い執念ですね。こんなにも死体の山を築いてよくやると思います」

「そりゃ、もし勝てればバンバンザイだからでしょう。共産主義はこの後、半世紀は盤石の体制になる。ロシアだって、一度始めた戦争は止められないから、ずるずると続けて死体の山を築いた。私たち、今はこうして、制空権まで取り戻したけれど、いつまでこの戦争が続くかは何とも言えないわよ。上陸した解放軍を一人残らず殲滅したとしても、半年後もまだ空で戦い、解放軍は、第7梯団とか、第20梯団とか用意しているかも知れない。大陸には、それだけの資金と人口がある。痩せ細ったロシアの体力ですらあれだけ戦えたんですから」

「私たち、そんなに長いこと戦えますかね。というか生き延びられるかしら……」

「絶対に無理ね。たぶん、国を捨てて海外に難民として逃げ出す国民が激増するでしょう。軍人だって。閣僚は寝返り、内通し、総統府も、やがて音を上げ、大陸に講和を願い出ることになるわ」

藍大尉は、更に高度を上げ、再び大回りして陸上へと戻った。勝っているという手応えはなかった。辛うじて戦線を支えているというレベルに過ぎなかった。


アイガーこと吾妻大樹三曹と、ジャスパー・ルオこと孟迅二等兵は、結局、路上を歩いている所を、藪の中から飛び出て来た解放軍兵士に捕縛された。

この辺りに、外から見えるような敵の陣地は無かった。すぐ攻撃されるせいだろう。

戦闘が再開されたことで、敵は殺気立っていたが、二人が、迷子を装ったただの恥さらしな脱走兵だとわかると、兵士らの対応はおざなりになり、身体検査もなく、捕虜施設まで勝手に歩いて行けと適当に道順を教えられただけだった。

一キロほど歩いて、農機具倉庫に辿り着いた。十数名の台湾軍や郷土防衛隊の捕虜が集められていた。負傷兵もいた。それなりの手当は受けている感じだった。

こういう所には必ず、味方を装うスパイが潜り込むものだ。アイガーは一言も喋らず、もっぱら孟が探りを入れた。郷土防衛隊のベテラン兵士が、いろいろ知っていそうだった。高架下に野戦病院が設けられ、そこで海兵隊の士官と、自衛隊の女性士官が衛生兵を手伝っているらしいことがわかった。

こういう小さな捕虜収容所が何カ所かあるはず

だ。いきなり辿り着けるとは思っていなかったが、たまたま捕らえられた所で、探す相手の居場所の目処が付いたのは幸運だった。

アイガーは、監視の兵隊に野ぐそを申し出て、カプセルを回収し、高出力モードにしてから、シグナルを送った。消毒液でも持ってくるんだった……、とアイガーは臭いを嗅ぎながら思った。

クライマーの彼にとっては、汚いだの臭いだのは、どうということは無かったが。

あとは、救出部隊を待つのみだ。ここに要救助者がいないとわかってみんながっかりするだろうが、モールスでその居場所を伝えるにはそれなりの労力を必要とする。適当な監視とは言え、眼の前に敵兵がいる中で、正確に伝えきる自信もなかった。

味方がここに辿り着くまで、たぶん一時間かそこいらは掛かるだろう。この砲声、この銃撃の混乱を利用して、そのまま捕虜救出に赴いたとして、作戦完了まで二時間前後だろうかと思った。

早く来い来い！　と思った。これだけ大規模な交戦になると、必ず航空支援という話になる。いくらGPS誘導爆弾が当たり前になったとは言え、いざ始まれば、誤爆のオンパレードだ。いまにも味方の爆弾が頭上に落ちてくるかも知れなかった。

早く脱出したかった。

博多出身の母親を持つ潘英明《パンインミン》陸軍中尉は、桃園と台北を結ぶ要衝、三峡《サンシー》エリアの河川敷で、陸上自衛隊のエンストロム・ヘリが着陸する様子を見守っていた。

花蓮《ファリエン》空軍基地から飛んで来たヘリだった。飛行服姿の客人を降ろすとすぐ離陸して行く。

暗がりで、マグライトを点して客人の足下を照らした。「気を付けて下さい。石がごろごろ転がっているので……」とよどみない日本語で案内した。

土手の上に、軍の公用車が止まっている。時々、大砲の発射音がここまで轟いてくる。

二人がバックシートに乗り込むと、車はヘッドライトを点して発進した。

「ずっと花蓮にいらしたのですか？」

「ずっとじゃないですね。例の部隊が温泉地に立て籠もった翌日、花蓮まで引き揚げました。中尉殿は？」

ぎこちない会話だった。航空自衛隊・前線航空《FA》管《C》制員を務める若瀬《わかせ》直樹《なおき》一曹は、装備が入った大型ザックを胸に抱いた状態で尋ねた。

「僕は、ずっと陸軍の総司令部にいました。そこで日本側との調整を」

「陸軍総司令部って、桃園にあるんですよね？」

「ええ。桃園と言って良いのか、桃園県竜潭《ロンタン》、大分山側です。空港の戦場とは距離も遠いが、意思疎通はもっと遠いです。まるで地球の裏側みたいにね。ノーザンベアの戦死から何日経ったかご存じですか？」

「まだほんの四日だ。僕も信じられない……。もう一周忌くらい過ぎたような気がする」

「そうですね……。彼の献身がなければ、濁水《ジュオシュイ》渓《シー》の戦いは勝てなかった。あの人の捨て身の献身が、台湾を救ったと言っても言いすぎじゃない。あそこで負けたら、われわれは総崩れになっていた。守ると約束したのに果たせなかった……。若瀬さん、お子さんが生まれたばかりなんですよね？　これは、断れる任務です」

「いやぁ、義務感と言っていいのか、猪《イノ》さんなら、引き受けるだろうと思いましてね」

公用車は、河川敷沿いのヤードの中に入って止まった。ガレージには、自家発電で煌々と灯りが点っている。

中に入ると、数名の男たちが、開発中のホバー・バイク〝ナイトスピア〟を囲んで作業していた。

「胡源《フーユアン》社長！　その節は御世話になりました」

と中尉は敬礼した。

「台中市が解放軍に占領されて心配していたんです」

「真っ先に逃げたよ！　こいつを飛ばしてね。ここは趣味仲間のガレージだ。あんたたちも、性懲りも無くよくやるねぇ」

「代えの効かない任務ですから。これは、何の工事というか作業中なのですか？」

胡社長は、近くに置かれていた何かのシートを捲って見せた。コンテナの中に、ミサイル四発が収まっていた。

「スティンガー・ミサイル？　こんなものをどうやって、いやどこから？」

「以前に、陸軍がアベンジャー防空システムを導入する計画があったらしい。それ用に、ヘルメット・ゴーグルと火器管制システムを開発したんだ。それを一式、この機体に装備する。敵のホバーバイクをこいつで叩き墜して、ノーザンベアの仇を取ってやる！」

「何もそこまでやらなくとも。民間人がそこまでやる必要はない」

「国が滅ぶかどうかなんだぞ。民間人も軍人もあるか！　一度は軍籍を退いた外国人に人助けを頼んで戦死させといて、桃園の状況はいったい何なんだ！　なんで陸軍は少年兵まで駆り出して見捨てる？」

「決して見捨てているわけではありません。ただ、微妙な所で、踏み留まれるよう作戦は策定されてはいますが。いずれにせよ、これは急いでいます」

「いったん付けたランチャーとかを外している。あと一〇分で飛べる。装備ごと体重計に乗ってくれ。あの時のホバーバイク隊はどこに消えた？」

「台中市内に、たぶん三〇から、最大五〇機が逃げ込んだと推定されます。でも脱出時以来の目撃情報はないので、乗り手があらかた戦死したか、バッテリーが尽きたのではとみられています。もちろん警戒はしていますが」

「あいつらしぶといぞ。必ず出てくる。ゲームをひっくり返しにな」

社長がフライトスーツに着替える間、藩中尉は、「もう、守りますからなんて安請け合いはしません」と若瀬に声を掛けた。

「ですから、危険だと思ったらすぐ避難して下さい。何もＦＡＣがいなければ、爆撃できないということはない」

「味方を巻き込む覚悟さえあればね。大丈夫ですよ。まさか今回は、ホバーバイクが現れて、サーモバリック弾を飛ばしてくるなんてことは起こらないでしょう。それにわれわれは、航空優勢も回復したし」

「そう思いますが。管制塔の屋上には、Ｔ字型のレーダーが乗っています。動いてはいないが、降りる時には気をつけて下さい。地上に降りて階段を登っても良いんですよ？」

「その時間が命取りになるかも知れない」

暗視ゴーグルを被った胡社長は、若瀬をバックシートに乗せると、モーターに火を入れてしばらく調子を見た。プロペラガード付きの前後タンデム・ローターで、そのローターの外周には四基のバランス用小型ローターが付いていた。

解放軍が持ち込んだホバーバイクと比較するとかなり大型だった。出力を上げるとふわりとその場に浮かび上がるが、凄まじいモーター音だ。

ナイトスピアは、仲間らに見送られ、暗闇の中へと離陸して行った。

第五章　和平交渉

シンガポールにはICPO国際刑事警察機構の特別部門《インターポール・反テロ調整室《RTCN》》が置かれている。シンガポールは、この組織を誘致するために、真新しいビルまで用意した。

その施設は、各国の大使館が犇《ひし》めくエリアにある。ネピア・ロードを一本渡るとアメリカ大使館、その隣は中国大使館だ。

RTCNの代表統括官は、北京から派遣されたフランス留学組の許文龍《シュウェンロン》警視正だった。

中東呼吸器症候群《MERS》の変異ウイルスを隠し持ったウイグルの叛乱分子が、ここシンガポールを経由して上海へ向かったとわかったのは、僅か三週間前の出来事だった。

上海での接岸上陸をぎりぎり阻止することに成功したのは、ひとえに許文龍警視正の活躍による。だが結果として、そのウイルスは上海でばらまかれ、たったの三週間で中国全土へと拡散した。

事件発生当時から、これは本当はアメリカによる陰謀ではないか？　国家によって仕組まれたウイルス・テロではないか？　という陰謀論が出回っていた。

その動機は、コロナ騒動の報復だ。だが、その確証はもちろんなかった。関係者の自白を得られた今となっても、それを告発するには、ことはあまりにも重大だった。

　この事件が発生してから、ＲＴＣＮの会議は、もっぱらアメリカ大使館の中で行われていた。理事国を構成する日本と韓国側代表が、中国が仕掛けただろう盗聴器があるＲＴＣＮでの会議を嫌がり、後には、許自身も自分の発言がそのまま北京に流されることを嫌がって、米大使館の会議室へと皆が日参していた。

　会議室のテーブルには、上座に、ＲＴＣＮ次長メアリー・キスリング女史がいた。ＦＢＩ出身の黒人女性で、野心を隠さない人間だった。

　そして英国対外秘密情報部ＭＩ６の極東統括官。大君主《オーバーロード》の暗号名を持つマリア・ジョンソン。警察庁から派遣されている柴田幸男《しばたゆきお》警視正、韓国警察からは朴机浩《パクボムホ》警視。それが現在の理事国だった。

　そこに今は、日本政府から和平交渉の特命全権大使として派遣された国連難民高等弁務官事務所《ＵＮＨＣＲ》・上級顧問の西園寺照實《さいおんじてるみ》がいた。

　許は、左肩にワクチン注射を終えると、袖を降ろして上着を着た。

「あくまでも、コロナの新しいワクチンだということを忘れないでよね」

　とキスリング女史が発言した。

「副作用はほとんどないそうです。事実、ここにいる他の面子は三日前に全員打ったけれど、発熱も何もなかった。米政府は、貴国が和平交渉に応じることへのお礼として、備蓄してある、新型コロナ混合ワクチンを、ひとまず一五〇〇万セット、提供する用意があります」

「自国民向けはどうするんだね？」

「軍はすでに接種済み。政府関係者及び医療従事者向けも確保され、国民向けには、三週間という驚異的な速度で開発されたｍＲＮＡワクチンの量産に間もなく入る……、とアナウンスされることになる。そして、今日貴方に提供するのがこれです……」

キスリング女史は、足下に置いたブリーフケースから、ファイル・ホルダーを取り出してテーブルの上を滑らせた。

「開発したmRNAワクチンの設計図です。USBメモリも入っている。われわれが事前に調べた所では、お宅の国の生産能力なら、来月ひと月だけで、一千万人分の量産にはこぎ着けているはずよ。西側各国でもすでに量産計画が立ち上がっているので、その余力生産分も提供できるでしょう。これは、合衆国政府からの善意の証しです。別に条件は付けない」

「条件は付けないが、ミスター、あまり時間はない」

許の向かいに座る西園寺がそう言うと、柴田警視正が、大型モニターに、一枚の衛星写真を映し出した。それを西園寺が説明する。

「大陸沿岸部。映っているのは、北海艦隊。三〇隻を超える軍艦が南下中だ。この軍艦がどこに向かって何をするつもりなのかは知らない。だが、日米台湾の軍当局は、この艦隊を攻撃して潰滅することを決定したらしい。乗組員の数は、恐らく一万人前後になるだろう。外務省から聞かされている所では、君たちは、艦隊に殺到する戦闘機やミサイルをもう阻止できない。一方的な殺戮になるだろうと」

「私にどうしろと!……。攻撃を受けることくらい覚悟の上の作戦だろう。私に止める力はない」

「中南海の決断ひとつで、戦争は止められる。貴方はそのパイプを持っているじゃないか」

「自分が北京から受けたのは、交渉に応じる許可を与えるという指令だけだ」

「台湾側の条件は寛大だと思うが？　何しろ、いっさいの金銭的賠償は求めない。ただ台湾領土から去ってくれれば良いというだけだ」

「新竹は占領したし、まもなく桃園空港の占領にも成功するという情報があるが……」

「新竹は、恐らく明日の朝一番で、総統府が解放を宣言するはずです。そのあとどうします？　台北はハリネズミ状態で、あそこの占領は無理です。仮に新竹や桃園など一部の都市部を制圧したからといって、台湾海峡の航空優勢もない解放軍は、補給も増援も受けられない。いずれ兵士は餓死するだけだ。ドネツクを制圧したロシア軍のようにはいかない。この和平案は、悪くないと思いますよ。何しろ台湾は、賠償金も要らないどころか、独立させろと言っているわけでもない。ただ引き返してくれと言っているだけだ」

「仮に、独立はしないという一文を停戦協定に入れられたとしても、それが履行される保障も無い」

「そうです。だから、そんな項目を停戦協定に入れる意味はない。もっとも、北京がそれを欲するなら、総統府と交渉はできます」

「手の内のカードを知りたい。そちらの隠し玉は何ですか？」

西園寺は、一瞬、キスリング女史と視線を交わした。

「いいわよ。隠し玉と言えるほどのものかどうかはまだ確証はないけれど」

西園寺が説明を続けた。

「ＭＥＲＳは、非常に致死率の高い感染症です。何もしなければ、三割前後の感染者が亡くなる。しかし、コロナとの戦いで得られた多くの知見で、疾病管理の知識は格段に向上した。客船内での感染拡大でも、それらの治療が真っ先に試され、致死率を大きく下げることが出来た。アメリカは、

ＭＥＲＳワクチンと同時に、ＭＥＲＳの特効薬も開発していた。残念だが、まだ動物実験をクリアしたという程度らしい。何しろ感染者がいなかったのでね。人間で治験するには危険過ぎた。しかし今、中国で感染爆発したことで、好きなだけ治験が出来る。情報では、効果は確実で、今の所、深刻な副作用も無いとのことです」

西園寺は、モニターの表示を切り替えるよう、リモコンを持つ柴田警視正に依頼した。

「……これは、上海の、ある小学校の校庭の模様です。民間の衛星で撮影したデータです。三日前は、校庭に整然と遺体が並べられていた。たぶん一〇〇体ほどある……。そしてこれが、今日夕刻前に撮られた写真です。どこにも移送することが出来ずに、結局、ショベルカーで校庭を掘って、そこに遺体を埋めている。たぶん、三〇〇体くらいはある。折り重なるように……」

「全部、アメリカの責任だ！　ＣＩＡがやったことだ」

「あらそうなの？　じゃあ私たちは、コロナの賠償金を中国に求めようかしらね」

とキスリングが冷ややかに応じた。

「アメリカが仕掛けた戦争行為には目をつむって、国内問題に過ぎない台湾で、アメリカの言うことを聞けというのか？」

「いえ。そうではない」

西園寺は穏やかに話し続けた。

「この戦争と、バイオ・テロが重なったのはたまたまです。誰が仕掛けたかを問いたい気持ちはわかるが、それはコロナでもあったことだ。コロナでは、アメリカはそれを飲み込んだ。アメリカは今、救いの手を差し述べているわけで、この戦争で中国を非難しているのは全世界です。だがそれは問題では無い。われわれは、この感染爆発も、戦争も両方止められるということです。中国はすでに人口減少社会へと移行している。感染で亡くなるのは年寄りだけではないし、ましてや戦争で死ぬのは若者たちだ。それを止めることができる」

「中南海の連中は、夜中に起こされることを嫌がる」

「しかし、この件は、そうする価値はあるでしょう。東海艦隊、南海艦隊ももうボロボロの状態にある。この上、北海艦隊まで失ったら、中国海軍の再建には、一〇年単位の年月を要することになる。中国が弱ったとみられて、南沙諸島の権益を失う恐れもある。何事にも引き際はあるものですよ。ロシアのような破滅的な過ちを避けるためにも、決断が必要です」

「本当に効くのかどうか、その特効薬を少し頂けないか？　上海に、ちょっと義理がある。まだ無事かどうかは聞いていないが……」

「良いでしょう。上海のお好きな場所に、荷物を届けさせます」

とマリア・ジョンソンが応じた。

「どうやって？」と許が怪訝そうに聞いた。

「ご存じかどうか、われわれの空母機動部隊は、すでに南シナ海に展開しており、それが搭載するステルス戦闘機は、中国の防空網を掻い潜れる。掻い潜れるのは、戦闘機だけではなく、空母搭載のステルスのドローンも同様です。やろうと思えば、密かに中国の防空網を突破し、上海の任意の場所にパラシュートやドローンで荷物を投下して、そのまま悟られずに帰ってくることも出来る。そして、その特効薬は、すでに空母に搭載済みです」

「良いでしょう。上海大学近くの、とある警察のセーフハウスに届けて欲しい」

「ああ、あのお二人ね。武漢からいらしていた研究者はお亡くなりになったようで残念です。すぐ手配させます」

マリア・ジョンソンは、オーバーロードとして、大英帝国はいつでも参戦できることを暗に意志表示したのだった。


原田小隊の田口&比嘉は、自分が指揮する二個小隊を待機させ、ダックが特定した場所にクアッド・ドローンを飛ばして、しばらく監視した。農機具倉庫の入り口は、もともとドアのようなものは無かった。トラクターが入っていたような痕跡はあるが、今は十数名の捕虜が、そこに座らされている。見張りの兵隊は二人だった。装備からすると、最初に降りてきた空挺兵だろう。

続いて、経路を偵察し、久しぶりにギリースーツを被って比嘉と二人で出発した。装備は、比嘉がFN・EVOLYS軽機関銃、田口は、万一の撃ち合いに備えて背中にH&kの416Dを、右手にはオスプレイ・サプレッサーを装着したシグ・ザウアーの22口径ピストルのモスキート・オートマチックを握っていた。

経路上に潜んでいた二人の斥候をまず撃ち殺す。さらに前進し、比嘉が援護位置に就くと、田口は建物の背後から回り込み、まず、外を見張っていた兵士の顔面に一発撃った。捕虜側を向いていた兵士が振り返った所を、また眉間に一発。

「脱走兵もいるだろうが、ひとまず味方の陣地まで一緒に歩いてもらう。従わない者は、ここで撃ち殺す！　外に出ろ」

田口は、ギリースーツを被ったまま、顔を見せることもなく北京語で命じた。

郷土防衛隊のバリケードまで走らせた。

ブッシュマスターまで引き揚げ、田口はようやくギリースーツを脱いだ。

「ご苦労、二人共。あそこには居なかったな……」

「場所は聞き出したよ。聞き出したのは、二等兵だが」とアイガーがジャスパー・ルオこと孟迅《モンシン》に首を振った。

「よくやった二等兵。良い映画になるぞ」

手書きのメモを地図に重ねて、高架下の野戦病院を特定した。敵が拠点としているだろう建物に囲まれた一角で、数名での襲撃は難しそうだった。

「北への再上陸で、部隊は出払っている可能性もあるから、しばらく観察しよう。三〇分とか一時間とか。それで、作戦を決める。ひょっとして、敵はこの辺りに指揮所でも置いたのか？　俺とヤンバルは先行する。敵がまだそれなりの数居座っているという前提だと、こっちもそれなりの数で仕掛けることになる。これ……、履帯の跡だよな。戦車を隠していたのか」


ドローンの映像に、轍の跡がある。それも一つや二つではなかった。捕虜収容施設ではなく、野戦病院だとなると、敵の本拠地の近くである可能性は高い。ガルに報告を入れて、本格的に探った方が良さそうだが、今、本隊はそれどころではなさそうだった。

空港の北西部では凄まじい殴り合いが続いてる。銃声が収まる瞬間がなかった。そして迫撃砲の一斉発射。81ミリと、120ミリRTを上手く組み合わせている。

田口は、ガルを呼び出すと、短く「マガジン発見――」とだけ伝えた。

しばらくすると、原田一尉が無線で呼びかけて来た。

「リザード、見付けたのは間違いないな？」

「場所はほぼ確定です。ただ、ドローンの映像では、戦車の出入りが確認できます。解放軍の拠点のど真ん中である可能性が高く、事前に綿密な偵察と作戦が必要です。襲撃は自分らの部隊だけで可能だとは思いますが」

「わかった。敵の指揮所を発見したから、襲撃を仕掛けるという作戦をでっち上げても良いが、こっちは今、それどころじゃない。ケルベロスが暴れ回っている。新型なのか、走ってジャンプする奴まで現れた。抑えているが、とんでもない犠牲だ。まもなくエヴォリス部隊を投入する」

「了解です。いちおう、こちらで出来ることはやってみます。それとも、牽制のために突っ込みますか？　中隊規模の戦力は待機してますが？」

「もし戦車がいたら？」

「AT－4CSはあります」

「わかった。急ぐ必要はない……、とも言えないが、事前の偵察にはそれなりの時間を掛けてくれ。行けそうなら表の作戦として格上げする。ユイシャン、アウト――」

田口は、あるだけのドローンを飛ばして、地図を作り、敵の居場所を特定し、できれば、味方が確実にそこにいる証拠も押さえる必要があるだろうと思った。

「本来ならこれ、ガルの仕事だけど、自分たちでやるしかない。なあ、あのケルベロスって奴は、敵と味方をどう見分けているんだろうな？」

「戦闘服の柄とか、ヘルメットのデザインとかじゃ？　それに最近の戦争じゃ、敵味方を区別するために、ウェービングテープとかを腕に巻くじゃないすか。ウクライナだと、青と黄色の奴。台湾兵も赤青の紐を巻いている。そういうのじゃないすかね……」

と比嘉が言った。

「ヘルメットは、FASTヘルメットだったり、被っていない時だってあるだろう。戦闘服もばらばら。そういうデザインじゃないな。ウェービングテープは、夜間での見分けが出来ない。たぶん何かのジェスチャーだぞ」

「それはでもさ、こっちから確実にケルベロスが見えてなきゃ出来ないでしょう。しかも、そのジェスチャー、敵もいる前で銃を構えながらやるなんて。ある程度、味方への誤射は織り込み済みなんじゃないですかね。そこで味方を巻き添えに殺戮を繰り広げても、敵兵全員が死ねば、軍としてのコスト的には見合うわけで」

「軍馬一頭より赤紙一枚の命の値段の方が安かった時代が再来するのか。どこか倉庫を確保しよう、ブッシュマスター一台入れられそうな倉庫を。指揮所が必要だ。そこでドローンも操縦する。あと、兵隊を分散して休ませられる場所も」

独立愚連隊を指揮する自己防御型指揮通信車〝ベス〟は、空港北端、15号線と交差する4号線上にいた。丁度、西側滑走路の延長線上で止まった。二両の10式戦車が、〝ベス〟を追い越して前方へと出ていく。空港の北側は、海兵二個小隊が守っていた。直ぐ右手は南崁渓。川を渡った辺りは、敵の民間軍事会社が潜んで仕掛けてくる場所だった。

「フェイズド・アレイ・レーダー起動します！」

待田がシステムを起動すると、〝ベス〟の車体後部背中に装備されたフェイズ・アレイ・レーダーが起動する。電気食いなので、探知距離は広くは無い。

「これ、変な地対空ミサイルを装備しているのよね？」

司馬が後ろから聞いた。

「はい。〝メグ〟との最大の違いはそこですね。自己防御システムを持っています。イギリス製の変態武器の一つ、スターストリーク対空システムです。レーザー誘導システム、ミサイルはターゲットに近づくと、ダーツというか、三本の矢が飛び出し、それがターゲットに向かって飛ぶ。それぞれが爆発して、敵を確実に仕留めます。キャニスターから飛び出した時点でもうダーツが露出しているんです。イギリス人が考えることはわからんですね」

「スティンガーじゃ駄目なの?」

「歩兵携帯式ミサイルはシンプルさが命です。だからだいたい赤外線+画像イメージ誘導になる。ところが、最近のドローンは小さい上に電動ですよね。あれは見えにくいし、何よりバッテリー駆動だから熱を持たない。それに比べてこいつは、発射母機が捕らえた目標に向けて母機側からレーザーを当て続けてミサイルを誘導する。ミサイル自体は小さいから、MANPADSとしても使える。マルチ・プラットホーム・ミサイルです。ウクライナにも提供されました。MANPADSとしては、ちょっとでかいんですけどね。撃ちっぱなしではないから。で、こいつは、何しろレーザー誘導だから、何にでも撃てます。装甲車相手でも」

「で、敵のドローンが飛び回っているわよね?」

レーダーの火が入った瞬間、空港北西部上空に敵のドローンが飛んでいるのがわかった。データベースにあるものに関しては、解放軍命名の機種名をシステムが自動的に割り振っていく。

一部は沖合にもいた。中型のドローンだ。

「低いのは歩兵の対ドローン兵器で狙えますが、墜《お》としますか?」

「予備弾はあるのよね?」

「はい、床下に――」

「やっちゃって! どうせ敵の戦闘機だの武装へ

りだのは飛んで来ないんですから。あとこれ、川向こうに潜むSISのコマンドからも見えるでしょう。餌になるわ」

「了解です。恐らくどれかの機体が、ケルベロスをコントロールしているはずです」

「だいたいこういうの、戦闘ヘリから見えていないの？　例のグラビア・ガールの部隊に機関砲でも使って叩き墜すように命じなさい。費用対効果が悪すぎる」

　ルーフに格納されていた四発のランチャーが浮上する。中央に、そのレーザー照射システムがあった。

　一発は、海岸線上高度一万フィートを飛ぶ中型ドローンを。一発は、戦場六〇〇〇フィート上空、残る二発も比較的低高度を飛んでいるドローンだった。即機連の普通科隊員も、対ドローン兵器を持参しているはずだが、その暇がないのだろう。

　ガルは、空のキャニスターを交換する前に、〝ベス〟を安全な場所へと向かわせた。ここはいくらなんでも目立つ。こちらは何しろコンテナ車だ。図体がでかすぎる。対戦車ロケット弾でも喰らったら防ぎようがなかった。

　空港端の、倉庫と藪に挟まれた細い路地に〝ベス〟を突っ込んで、すぐカムフラージュ・ネットを掛けさせた。

「さあ、敵が出てくるわよ！　誰か私にエヴォリスを貸して！」

「え？　鉄砲なんて無粋なものを持つんですか？」

　と待田が振り返った。

「あんな鉄のオモチャにバヨネットじゃ歯が立たないでしょう。川の向こうをドローンでくまなく洗いなさい。殴り込みを掛ける！　あと、リザードはどこよ？」

「はい。敵の心臓部を探りに出ています。まもなく攻勢を仕掛けられるはずです」

待田は、何喰わぬ顔で、スクリーン上に、田口と比嘉のシグナルを復活させた。

独立愚連隊を乗せた車両が〝ベス〟を囲むように止まり、兵士を降ろし始めた。

司馬は、指揮官居室に戻ってミラーで迷彩ドーランを塗りながら、指揮通信コンソールの原田に向かって、「私に一個中隊の愚連隊と、通信システム持ちの副官を一人付けて下さい！　あと、原田さん、貴方は野戦病院のお店でも開いておきなさい！」と命じた。

「本当にお出になるんですか？」

「そうよ！　このくだらん戦争、ここで決着を付けてやるわ。たかがジジイと少年兵が守る空港一つ落とせない奴らにいつまで手こずっているのよ。プロの仕事を見せてやります」

「覚えていて下さい。ケルベロスは熱を持たないので、ドローンの監視に限界があります。発砲して銃口が過熱した後でないと、動体検知しない傾向がある」

「レーザー警報センサーがあるんでしょう？」

「はい、キャッスルに持たせますが、現状では、とりあえずレーザーを浴びたということしかわかりません。方位までは出ない」

原田は、ベテランのキャッスルこと大城雅彦《おおしろまさひこ》一曹に、司馬の護衛と中隊の指揮を命じた。どうせ司馬さんは、鉄砲を放り投げて敵陣に斬り込んでいくのだ。

自らは、空港関係の倉庫らしい建物に入って、野戦病院を開く準備を開始した。

司馬は、二〇〇発入りアモ・ボックスが付いたエヴォリスを両手で構え、両脇に、その予備ボックスを抱える弾運びを二人配して、大股で歩き出

した。

「川を渡って、敵の拠点に殴り込みを掛けるわよ！」

大城が、「走れ！　走れ！――」と愚連隊を急がせた。先に行かせて敵に撃たせるしかない。司馬に何かあっては大事だ。この後の作戦に支障を来《きた》す。

「隊長、何もご自身でそんなものをお持ちにならなくとも……」

「ガルに、迫撃砲支援の準備をさせなさい。81ミリではなく120ミリRTよ！　建物ごと敵を一掃する」

「了解です、しかし――」

「キャッスル！　私と貴方は長い付き合いよね？」

「はい。自分が部隊に来た時にはすでに小隊長としていらしたので……」

「なら黙ってなさい！　あんたたち、私に黙って何こそこそしてんのよ？」

「そうなのですか？　自分は滅多に指揮車には出入りしないので、ちとよくわかりませんが。あとでガルに質してみます」

それでこの人はぶち切れているのか……。いったいガルは何をやらかしたんだろう。

河川敷へと続くうねった道を愚連隊の兵士らが我先にと走って行く。藪沿いの道幅は三メートルもなさそうだった。その先で、突然、銃声が轟き、「散開！　散開！――」と部下が怒鳴っていた。

「ケルベロス！　ケルベロス！――」

照明弾が上がっている中で、司馬はエヴォリスを抱いて突然走り出した。

工事現場らしい所に出ると、いったん道路から外れる。埋めて使う予定のコンクリ製の排水溝らしきものが地上に置いてある。兵士らは、それを盾にして身を潜めていたが、司馬はそこから軽機を構えて橋の上に飛び出した。一五〇メートルほど向こうに、首を左右に振っているケルベロスがいた。可視光レーザーを使わない新型タイプだ。

大城が胸に付けたレーザー感知器がピーピー鳴っていた。

司馬が右肩にしっかりと軽機関銃の肩当てを宛がいながら、フルオートで引き金を引く。

ケルベロスは、こちらに首を向けようと足掻いていたが、その度に銃弾を浴びたせいで、照準が全く安定しなかったのだろう、引き金が引かれることは無かった。

そして、司馬が五〇発ほど撃った所で、胴体にパッ！　と火が点いて激しく燃え上がった。

路上には、愚連隊の兵士二人が倒れていた。一人は絶命、もう一人は二、三発喰らって、ぱくぱく息をしていた。

大城は部下に止血を命じ、愚連隊の兵隊には後送するよう命じた。

司馬は構わず田寮橋《ティエンリアオ》を全力疾走していた。彼女の前には、ただ一人の兵士もいなかった。

「追え！　追え！　なんで隊長を一人にするんだ！」と大城が怒鳴った。

大城も追い掛ける。次のケルベロスが橋の向こうにヌーと飛び出て来た。そして今度のケルベロスは、さっきの奴とは違った動きをした。発砲より回避を優先するプログラムのようだ。右左へとジャンプしながら向かってくる。

司馬は、エヴォリスでその姿を追い掛けるが、敵の回避の方が早かった。まるで本物の動物が、敵の攻撃を避けているみたいだ。

だが司馬は、そこで突飛な行動に出た。エヴォリスを投げ出したのだ。ケルベロスに向かってエヴォリスを投げつけた。そして両腕を大きくハの字に広げながら、ウォー！　と声を出して、突っ込んで来るケルベロスに体当たりした。ここからは、ただの格闘技だ。そして格闘技では、ロボット犬は司馬の相手ではなかった。司馬は、首というか、ロボット犬の頭を摑むと、胴体をひっくり返し、首を摑んだまま、思い切り胴体を地面に叩きつけた。それも二度三度と。最後にはぽっきりと首が折れた。

　大城が着いた時には、司馬はもうエヴォリスを拾ってまた前に出ていた。

　愚連隊の台湾兵が「化け物かよ！……」と呻いて破壊されたケルベロスの横を走り抜ける。化け物だと言った相手は、ロボット犬ではなく、もちろん司馬のことだった。

　河川敷を出て土手を越えると、民家と町工場、そしてそれなりの規模の工場が犇めく。民間軍事会社は、この雑然としたエリアに潜んで二度三度と仕掛けていたのだ。

　司馬はここでようやく部隊行動の指示を出した。

「各小隊ごとに南北に散開、東へと敵を掃討せよ！　この辺りに地域住民はいない。ドアを開ける前に、エヴォリスで孔だらけにせよ！」と。

　波が繰り返し砕け寄せるような銃声で脅して、敵を浮き足立たせる作戦だなと大城は理解した。

　上海国際警備公司《S・I・S》を率いる王凱《ワンカイ》陸軍中佐は、ケルベロスを出して露払いさせた後、南崁渓を一気に渡って敵の背後を衝く作戦を立てていた。自衛隊の注意は、上陸部隊正面に向いている。戦車擬きの注意もそうだ。

　寡兵ながら、ケルベロスも使って押せば、それなりの結果を出せるつもりでいた。

　だが、ケルベロスから送られる映像に奇妙な光景が映っていた。ケルベロスに対しては、大人数で乱射して撃ちまくってくるのがパターンだった。それが、ただ一人の兵隊が、仁王立ちしてアサルトを撃ってくる。このロボット犬を恐れている様子は微塵も無かった。

最初、その銃はアサルトに見えたが、弾が尽きない。それでようやく軽機関銃だとわかった。

二台目の映像はもっと衝撃的だった。回避プログラム優先に設定されたケルベロスに、銃をぶん投げた挙げ句に体当たりしてくる。

「女ですね……」

と副隊長の火駿《フォジン》少佐が言った。

「ああ。この身体のラインは間違い無く女だぞ……。何か変な薬でもやっているんじゃないか？　全く、何の恐怖も感じていないぞ」

「軽機関銃の音というか数……、多すぎませんか？」

「少佐もそう思うか？　実は私もさっきから気になっていたんだ。分隊辺り、最低二挺は撃ちまくっている感じだぞ。しかもその辺りに敵はいないのに。素人集団だが、武器弾薬は豊富にあるということだろう。だが、敵の数は知れているぞ。うちとたいして変わらない。押し返してやろう」

「そうですね。所詮は経験がものを言うでしょう」

「敵を蹴散らして川を渡るぞ！」

倉庫の外に出て信号弾を一発上げる。ヒュルルー！　と音を出して赤い炎が上がっていく。それが一斉攻撃の合図だった。

撃ち合いが始まって戦線が膠着し始めると、司馬は今がその時だと、ガルに火力支援を要請した。目印となる赤外線フラッシュライトを、M32グレネード・ランチャーで、敵が布陣する工場の屋根へと一発放らせた。

それをスキャン・イーグルで確認。ガルが座標を迫撃砲部隊に伝えるのだ。

南北一五〇〇メートルに及ぶラインを一掃させた。六本の120ミリRTで六斉射。着弾した辺りの建物のほとんどが崩落した。ちょっとした爆弾が落ちるようなものだ。そしてその破片は、銃弾並の速度で一〇〇メートル以上も飛び散る。

無傷な兵士は一人も居なかった。辺りに展開していた兵士ら全員が、大なり小なり負傷した。

王中佐が気付くと、隣というか、さっきまでそばに居た火駿少佐が吹き飛ばされて、瓦礫に埋まっていた。何か水道管が破裂したのか、水が吹き上がっている。だがよく見るとそれは水ではなく、少佐の頸動脈から吹き上がる鮮血だった。

建物に砲弾が落ちて来て、中で爆発したのだ。爆風が建物の壁を粉々に砕きながら飛び散った。

王中佐も、起き上がろうとして左腕が悲鳴を上げていた。最初は脱臼したのかと思ったが、違った。左腕が粉砕されていた。どうにか右手で支えて起き上がったが、左腕はだらんと垂れ下がったままだった。

「誰か無事な奴はいるか！——」

怒鳴ったが返事はない。王中佐は、辛うじて動く右手で、ホルスターのハンドガン、ＳＩＧプロを抜いた。

酷い爆煙だ。そして、耳が良く聞こえない。その爆煙が晴れないうちに、敵が撃ってきた。爆煙の中へ軽機関銃を連射しながら敵が向かってくる。

中佐は、左足と、プレートキャリヤーに一発食らって片膝を立てた。気を失いそうだったが、辛うじて姿勢を保ち、右手を挙げて銃を向けた。

煙の中から、さっきの女兵士が現れた。引き金を引こうとしたがその前に誰かが撃ってきた。二発三発と喰らい、前のめりに倒れそうになった。

司馬はその場で膝を折り、肩のベルクロを剝がして階級章を覗いた。

「さて、中佐。助けてやらないでもないが、あのケルベロスを止めるジェスチャーがあるはずだ。教える気はあるか？」

「あんたは……、何者だ？」

「私はただの死に神だ」

「楽にしてくれたら、教えてもいいぞ……」

「兵隊が見ている。残念だがそれは出来ないな。メディック！　手当てしてやれ」

銃声はまだ続いている。だが、王中佐が息絶える寸前、聞こえていたのは、もっぱら敵の銃声だった。依然として多くのケルベロスが動いていたが、民間軍事会社はそうやって潰滅した。

待田は、司馬の戦いが終わったことで、酷い脂汗を搔く羽目になった。大城は「何をやらかしたんだ？」と聞いてくるし。

待田は、田口を呼び出して状況を聞いた。

「マガジンは視認したか？」

「本人は確認していないが、負傷兵がいる場所はわかった。証言とも一致する。それと、ドローンの運用基地を突き止めた。たぶん、敵の指揮所もこの辺りのどこかだと思う」

「もう、時間がない！　無線傍受ドローンは新竹に置いてきた。あれをこっちに呼ばないでもないが……。あの人のハッスル・タイムが終わった。ちょっと感づかれている。やるしかないぞ。始まったらこっちでフォローする」

「了解した。作戦は出来ている。仕掛けてくる！　リザード・アウト」

司馬に同行する大城のシグナルがスクリーン上を戻って来る。待田は、大急ぎで原田と状況を設定した。

「何を隠しているんだ？　と突っ込まれたらどう

するの？」

　と原田が聞いた。

「こう言うんです。未報告な件が何件かあったかも知れませんが、司馬さんはお休みだったし、自分らも少し疲れが出て、何が報告済みで、何が未報告なのか状況把握が出来ていないかも知れません。リザード&ヤンバル組に、敵の指揮所を探らせていた件は、報告してますよね？……。お疲れではないですか？　と」

「してないよね？」

「良いんですよ。事実として、あの人、寝てたんですから。われわれの部隊行動にはちゃんと、整合性があります。アリバイ証明は完璧です！」

　司馬が戻ってくると、原田から先に詫び、待田から指示された通りのことを口にした。司馬の反応は「ふーん……」という程度だった。

　そして司馬が口を開く前に、待田が立て続けに各エリアの戦況を報告した。

「その……、沖合で歩兵の移送が続いているというのは何なのよ？　あんなもの、30ミリの射程外からヘルファイアをぶっ放せば済む話でしょう。障害物はないし、速度はチャリンコ並。バカでも当たる」

「台湾陸軍はもうヘルファイアがありません。うちのヘルファイアは、もう武装ヘリも飛んでいないので、真っ先に提供したし、米軍からの提供を待っている所らしいです」

「では、マーベリックを装備したP－1でもいいじゃないの？」

「海自部隊は、北海艦隊攻撃が最優先です」

「そもそも、台湾海軍はどこなのよ？」

「ええ。ほんの二〇キロの淡水河河口沖です」

「はあ？　それどういうことよ。なんですっ飛んで来ないのよ？」

「昼間の戦闘で、台湾海軍も酷い痛手を負いました。どの艦も満身創痍で弾もありません。今、淡水沖に留まっている艦船は、どれも傷もなく弾も残っている艦ばかりでしょう。それはなぜかと言えば、軍隊じゃまじ玉無しだってことですよ。戦う気がないから、後方でじっとしていた。だから弾も残っているし、傷もない。そんな連中が当てになると思いますか？　まあ向かっているとは思いますけどね……。でもスキャンイーグルの高度を上げてもまだ見えません」

「舟木さんの戦車が向かっているはずだけど、ビーチに展開して迎撃するよう言って下さい」

「もう向かっています！」

待田は、スクリーンの一点を指し示した。

舟木一佐は漁港路の即機連指揮所横を通る瞬間、指揮所の隣で一瞬止まり、上と下で互いに敬礼を交わした。向こうは10式が現れるなんて思っても見なかったらしく、呆気にとられた表情だった。

そこから三〇〇メートルの直線道路上では、キドセンが破壊した敵戦車が何台も燃えていた。その横を走って高架下に入ると、キドセンが二両、身を潜めていた。

「よう！　山ちゃん、元気してたぁ？——」

機動戦車中隊長の山崎薫三佐が、背後にもう一両いることに気付いて、「え、なんで？——」と絶句した。

「お邪魔だったみたいだね」

「台中にいたんじゃ……」

「ああ。俺の戦車、ワープ装置が付いているから。ワームホールを通ってきた」

「何両ですか？」

「ひとまず俺が四両連れて来た。財務官僚、腰を抜かすぞ。戦車がこの距離を問題無く高速移動したと知ったら。二両は手前で左折させた。なんでビーチに出ないんだ？」

「今、残弾の計算をしていた所です。ちょっと不安になって」

「じゃあ、われわれの増援で問題は解決したな？」

「はい！　もちろんです。ビーチからこっちにはもう敵歩兵しかいません。味方歩兵と一緒にビーチに出れば、そもそも上陸自体を阻止出来ます」

「じゃあ、行くぞ！　道案内してやる。こっちのナビの方が優秀だ」

銃撃音はまだひっきりなし。迫撃砲も数分置きに上がる。照明弾は切れ目無く上がっている。これこそ、俺が望んだ戦場だ！　と舟木は武者震いした。

ＧＰＳナビに沿って、ただし普通科隊員より前に出ないようゆっくりと進んだ。

竹園漁港のだだっ広い駐車場に出ると、灯りの無い街灯に、目立つ様白旗が結んであった。解放軍兵士の負傷兵がそこに寝かされ、手当を受けている。三、四十人はいるように見えた。

海岸へと向かう。舟木一佐は、車長席から身を乗り出し、周囲を観察した。

地図では「漁港」と書いてあるが、そんな印象は全くしない。漁船なんていない。捨て去られたヨットが何艘か繋いであるだけ。明らかにヨットハーバーだ。しかも小洒落た商店が軒を連ねて、イベント広場もある。

防大時代、何度か遊びに出た横浜の赤煉瓦倉庫のような感じだった。いや、山下公園と葉山をセットにしたような場所だぞ、ここは……。

南隣の、海水浴場が見渡せる場所に陣地を設定して、ただちに偽装と陣地構築を命じた。

車長席から見下ろすと、あちこちに砲弾が炸裂した痕跡がある。十を超える兵士の遺体があり、中には、弱々しく手を振って、まだ救援を求めて生きている兵士もいた。

　舟木は、随伴する普通科隊員に、慎重に近づいて救護措置を取るよう命じた。何もかも完璧に執り行う必要がある。一点の曇りも無い報告書を財務省に出すためにだ！

　無線機を持った斥候が砂浜へと走って行く。舟木は、海水浴場と、その漁港を隔てる一本の護岸に登って海側へと歩いた。戦車はこの手前から攻撃するのが良いだろう。仮に、敵がずっと手前の地雷原に上陸したとしても、舳先が見えた瞬間に引き金を引ける。こちらが有利だ。

　山崎三佐が追い掛けて来た。

「てっきり今頃、台中を攻略しているものと……」

「例のほら、無線もレーダーも無効にする雨が降り始めてすぐ、水機団長が新竹への突進を決断した。中国大返しみたいなもんで、正直、冷や汗もんだったが、脱落無く着いた。

　あの水機団長、なかなかの昼行灯《ひるあんどん》だよ。無能なふりしてちゃんと先々の戦術を立てている。それでさ、新竹で高速を降りた途端に、眼の前を戦車が横切ったんだよ。驚いたことに、そいつは軽戦車でも水陸両用戦車でもなく、メイン・バトル・タンクだった。例の99式さ。縮み上がったよ。でも、実際の被害は戦車同士の撃ち合いじゃ無く、ドローンで迫撃弾を落とされての損害の方が大きかったが。でも、全般的にうちの圧勝でだいたい目処が付いて、君らが心配になって俺が台湾軍独立愚連隊と一緒に駆けつけたというわけだ」

　斥候がビーチで腹ばいになった瞬間、後ろを向いて大きく手を回した。敵が見えたという合図だ。

「愚連隊？……。何にせよ助かりました！　敵の軽戦車なら、こっちにも居ます。もっと南の方で、地雷が撒いてある平地を突っ切ろうとしている」

「ああ、こっちが片付くようなら、そっちへ回ってみよう。ひとまずどんな具合か戦ってみないとな」

舟木は急いで自分の戦車に戻った。カムフラージュ・ネットを掛ける作業が続いていた。

「山ちゃん！　先に現れた奴は任せる。俺は二両目を狙う」

舟木は、もう一両の10式戦車に、ビーチの手前、海巡署南の防砂林の影に隠れるよう命じた。万一自分が殺られても、安心して上陸してきた敵を側撃できるだろう。

陸自戦車部隊は、十分に敵を惹き付けてから狙った。一時的かどうかはわからないが、敵のドローンは姿を消したようだ。ここに戦車が潜んでいることには気付いていない。

10式とキドセンは、六両の05式水陸両用歩兵戦闘車が視界に入ってから、一発ずつ狙って撃った。文字通りの七面鳥撃ちになった。

上陸に成功したものはいなかった。六両全てが、歩兵を乗せたまま海底に沈んでいった。何両かは、陸側に向かって前進を続けたが、結局浸水し、着底で動けなくなった。

一両だけ、ハッチが開いて、スカーフか何かを振りながら降りてくる乗員数名が助かった。生存者は彼らのみだった。乗員三名＋歩兵八名だとすると、六〇名以上の歩兵が今眼の前で溺れ死んだのだ。

消防署に陣取った即機連の堤一佐は、突然10式が出現したことにも驚いたが、〝独立愚連隊〟というのも初耳だった。

軽機関銃を何挺ももって、あっという間に敵を黙らせる。

「河口付近にはもう装甲車も戦車もいない。上陸も無理だ。背後を衝かれる可能性があった民間軍事会社も、その愚連隊とかいうのが潰してくれた。河口付近からキドセン一個小隊を呼び戻したいがどう思う？」

と作戦幕僚の長谷部三佐に質した。

「はい。もう洋上からの上陸はほぼ不可能です。敵がそう悟れば、今度はより空港側での突破に懸けることになる。そうすべきです」

突然、爆音が連続した。総火演で聞いた音だった。

「奴ら爆導索を使ったのか……。来るぞ。味方戦車、たった二両でも間に合ってくれれば良いが」

その二両は、ついさっき、地雷原地図を持った台湾軍海兵隊の案内の下に、消防署近くを出発したばかりだった。

ドローンが、草むらの映像を遣してきた。空港へ向かって、真っ直ぐ一〇〇メートルくらいの道が、草むらに延びていた。地雷原突破用の爆導策が発射されたのだ。だがまだ、最低二回は爆導索を使う必要があるだろう。

それが終わって、安全な道が出来れば、絶対防衛線はすぐ眼の前だ。

田口は、自分の小隊を後ろに待機させて、比嘉と二人で前に出た。少しずつ前に出た。陽動ではないが、自分らが仕掛けた後、敵がこちらに向かって来ないよう、側面から突っ込ませるアイガーとダックの小隊を含む主攻部隊が待機していた。田口らは、捕虜を奪還後すぐ戦線離脱する手筈になっている。

田口が合図すると、照明弾が一発、こっちに上がって来た。高架下の野戦病院の外側路上に、二人の兵士が立っていた。銃口は下がっている。

兵士二人は、しばらくその照明弾を見上げて顔が空を向いていた。

二〇〇メートルほどの距離の草むらの中から、田口は、DSR‐1狙撃銃で、その二人の顔面を狙って撃った。

奥にもう二人の兵士がいる様子だったが、眼の前にいた二人が撃たれたとわかった途端、物陰へと隠れた。

サプレッサー装備とは言え、銃声に気付いた敵が反応し、建物の中から出てくる。そして次のステップ。側面に接近していた一個中隊の味方が、一斉に行動を開始した。空へ向けて発砲しながら、敵の拠点ど真ん中へと向けて前進を開始した。

田口らが潜むすぐそばで怒号が交わされ、兵士らが飛び出して行く。野戦病院は放置だった。

高架下で蠢く影が見える。比嘉が敵の発砲を避けてジグザグに走って突っ込んで行く。田口は、そのままで待機し、敵の顔が見える瞬間を待った。

一人の兵士が、片膝を立てたニーリング姿勢で銃を構えようとしていた。比嘉が大きく横にジャンプした瞬間、田口は引き金を引いた。

血しぶきが後方へ飛び散るのが見えた。

あと一人！……。だが最後の一人は、やっかいな手に出て来た。

チッ！　と舌打ちした。頼筱喬《ライシャオチャオ》を背後から羽交い締めにして人質に取っていた。いつもの田口なら躊躇わずに引き金を引く。人質を傷つけることなくヒットさせる自信があったが、人質が彼女となると躊躇われた。

比嘉が更に距離を詰めるが、決着は意外な形で着いた。その兵士の背後から、誰かが襲いかかったのだ。地面でとっくみあいになった所に、比嘉が現れ、背中からピストルを撃って黙らせた。

田口は、「マガジン確保！　繰り返す、マガジン確保！」と報告して前方へと出た。自分の小隊を前に出して、辺り一帯の制圧に掛からせる。自分はただ、捕虜二名の安全を確保して、一刻も早くここを脱出せねばならなかった。

敵の指揮所がどこかにあるにしても、この一帯は砲撃と爆撃で潰すことになっていた。

第六章　絶対防衛線

田口は、ギリースーツを着たまま、警戒しつつ前進した。何かもめ事が起こっているような感じだった。筱喬《シャオチャオ》が、北京語と日本語で喚いていた。

「なんで！　なんで殺したのよ！　この青年には、故郷で帰りを待つ老いた母親がいて、軍隊なんて儲からないのに、彼の無事な帰りを待つ恋人がいたのよ！　私に、その娘の写真を見せてくれた！　一日も早く、無事に帰りたい。部隊の半分が戦死したのに、自分が生きているのは奇跡だ。自分はついていると……」

筱喬は泣きじゃくっていた。

「済まない。ストックホルム症候群だ……」

王《ワン》少尉が英語で詫びた。さっき、背後から飛びかかって格闘したのは彼だった。

「海兵隊の王学徒少尉でいらっしゃますね？　救出が遅くなりまして」

と田口は、頭からギリースーツを被ったまま北京語で敬礼した。

「あ？……。北京語を流ちょうに喋る日本の特殊部隊、淡水で、日本人少年を救った部隊ですね。わざわざ自分を救出するために？」

「いえ、頼《ライ》臨時少尉は、自衛隊部隊で作戦行動中に捕虜になったので、われわれの責任として、奪還作戦を行いました。申し訳ありません。自分は階級姓名を口外できないことになっておりました」

「何言ってんだか、田口さん！　私はこれを恐れていたんです。叔母さんが無茶な命令を下して、殺戮するんじゃないかと！」と筱喬が日本語で非難した。

「何の話をしているの？」

と王少尉が訝しがった。

「いえ、何でもありません。彼女のことは忘れて下さい。捕虜にもなっていない。われわれの組織を守るためです。少尉殿は一人で捕虜になった。この辺りはまもなく砲撃されます。ただちに避難しましょう」

「それは良いが……」

と少尉は振り返った。衛生兵二人が、膝を突き、頭の上で手を組まされていた。不安そうに怯えていた。

「彼ら二人は……」

田口は、二人の前に立ち、手を下ろして良いと告げた。間もなく砲撃が始まるだろうが、ここが野戦病院であることは伝えてあり、砲撃される心配はない。ただし、破片や爆風は覚悟してくれ。もしこの辺りが平定されたら、医薬品を持った部隊を負傷兵の回収に遣す、それまで頑張ってくれ、と早口で伝えた。そして、事前に用意していた輸液パックなどが入ったメディック・バッグを二つ、彼らに提供した。

「さあ、行きましょう！　チャオさん、正直に言いますが、貴方一人を助けるために、自分はすでに四名殺してここに辿り着いた。これ以上の殺戮が嫌なら、無事に脱出できるまで、静かにお願いします。それと、あの人は何も知らない。貴方が捕虜になったことすらね」

田口は、少尉にわからないよう日本語できつく命じた。

「あ、ちょっと待ってくれ！」と少尉が引き留めた。

「敵の指揮所の場所がわかる。彼女がそこに連れて行かれたんだ。で、姚《ヤオ》提督から直々の尋問を受けた。だいたいの道順を聞いて地図を作りました。これが男なら目隠しくらいして移動しただろうに」

「それは凄い！」

王少尉は、ほんの掌サイズに千切った、もとは医薬品が入っていたらしい紙切れに書いた地図を見せた。誰かの血で描かれた地図だった。

「ああ、なるほど……。この隣の隣が、ドローンの出撃基地になっていて、この近くだろうとは思っていましたが。少尉殿、これは勲章ものの情報です！」

田口はすぐその情報を待田に伝えた。

「よし！　場所がわかったからには、このまま襲撃しよう。少尉殿は、独立愚連隊一個小隊とともに避難して下さい」

「いやしかし――」

「貴方の安全のためではありません。彼女を守ってほしいからです」

「わかった！　責任を以て、彼女を自衛隊に引き渡す。気をつけて！」

田口は、地図と現在位置を表示出来るタブレットを持つ比嘉に指揮を任せて、自分は、愚連隊の先頭に立って掃討作戦を開始した。

原田は、橋の向こうから運ばれてくる負傷兵の手当に当たっていた。120ミリRTの砲撃は凄まじかった。155ミリ榴弾砲の犠牲とどこが違うのだろう？　と思わせるほど酷い。

もちろん、運ばれているのはほぼ全員、民間軍

事会社の敵兵士だ。川を渡って対岸に野戦病院を立ち上げるしかないと思ったが、こっちはまだ絶対防衛線の向こうで戦闘が続いているのだ。

王文雄《ワンウェンション》海兵隊少佐が現れて、「お呼びですか？　原田さん」と達者な日本語で呼びかけた。

「はい、ちょっと外に出ましょう」

と原田は倉庫の外に出た。

「ニュースがあります。チャオさんが捕虜になりました」

「えっ！――」

「で、たった今、解放というか、奪還に成功しました。ご無事です」

「どういう事情ですか？」

「貴方を動揺させたくなくて、黙っていました。何より、あの人に知られては非常に拙いので、全ては極秘に進行しました」

原田は、彼女が通訳として即機連に同行していた経緯から話した。

「あの父親にしてこの娘ですね。でも、極秘にするようなことだったのですか？　司馬さんが聞いても、バヨネット一本で彼女が救出に出向いただけの話ですよね」

「問題は、その前の部分で、まさか即機連がこんな所に来るとは思わず、彼女が軍務に就くことを黙認したうちの隊長です。挙げ句に、彼女が同行するだろうことを知っていて、即機連にここに突っ込むよう命じたのですから。あの人に刺し殺される羽目になる。無事に救出できたとは言え」

「それはまあ、起こるかもしれませんね……」

「問題はもう一つあります。彼女は、捕虜になった後、解放軍の野戦病院を手伝っていたらしいのですが、われわれが強行突入して解放軍兵士を殺したせいで、ちと取り乱しているようです。なので、宥めて下さい。われわれが求めることは、彼女はここにいなかったという事実です。台北行きの車両に乗せて頂けると大変ありがたいです。彼女は過去二四時間、台北の防空壕でボランティア活動していた。われわれの誰も彼女と会っていないし、気にも留めていない、という事実を徹底することを隊長は求めています」

「済みません。何から何までご迷惑をお掛けします。彼女がこんな危険な場所にいることは私も望みません。すぐ脱出させます。でも原田さん、僕にまで黙っている必要は無かったですよね？」

「ああ、それはねぇ。それはそれで、みんなが気を遣ったんですよ」

と原田は微笑んだ。「とにかく、無事で良かった。彼女のあの性格だと、お二人の感動の再会はなさそうですが……」

「はい。でも……、いかにも彼女らしいです」

王は、小声で「先が思いやられる……」とぼやきながら去って行った。

下地島《しもじじま》空港では、昼間の豪雨で配線がショートしたエアドーム・テントの修理が終わり、ようやく指揮所が使えるようになっていた。

今夜、二度召集が掛かった末に解散になり、今度が三度目だった。皆がぶつぶつ言い始めたところで、ようやく第三〇七臨時飛行隊隊長の日高正章《ひだかまさあき》二佐が現れ、上座に立った。

第三〇七臨時飛行隊は、アメリカから急遽購入した最新鋭戦闘機で編成されていた。

Ｆ‐15ＥＸ〝イーグルⅡ〟戦闘機。もとはストライク・イーグル戦闘爆撃機の後継機だ。二人乗りだが、一人乗り戦闘機としても使える。

旧型機との最大の違いは、その搭載量だった。すっぴんのイーグル戦闘機が、せいぜい八発の空対空ミサイルしか搭載できないのに、この機体は一六発は装備できるのだ。

優れた光学センサー・ポッドを搭載し、レーダーに依存しない空対空戦闘が出来る。

その最新鋭戦闘機を飛ばすために、米空軍は後席パイロットを派遣してくれていた。これが日米同盟の証しでもあった。

日本人パイロットは、後席パイロットから教えを請いながら戦闘任務に就いていた。

彼らは、この最新鋭戦闘機で驚異的な戦果を上げていた。すでに四〇機近いキルスコアを叩き出したパイロットもいる。

TACネーム〝ウィッチ〟を持つ新庄藍《しんじょうあい》一尉がそうで、彼女の機体は、紅白の特別ど派手なカラーが塗られていた。

絶対に撃墜されないという自信があってのことだった。

「待たせてすまない。今日は日中は酷い天気で、明るい内は眠れたと思うので、徹夜任務はどうにかなるだろう」

と日高は英語で喋った。そこに詰めたパイロット・クルーの半分はアメリカ人パイロットだ。空軍ではなく、ほとんどが州空軍のパイロットだった。

新庄一尉の後席パイロットは、香港からハワイに脱出したエルシー・チャン空軍少佐で、彼女はこの機体のインストラクターの資格も持つが、ハワイ州空軍の所属だった。

彼女は、香港を蹂躙した共産主義者への復讐のために飛んでいた。

「この飛行隊が編制されてからすでに一週間を過ぎたわけだが、私の英語力もめきめき上達してだな……」

一斉にブーイングが上がった。

「いよいよ〝剣ヶ峰作戦〟だ。しかし日本の剣ヶ峰というのは、いざ辿り着いてみれば、そこから下りになるわけではなく、次のピークが現れたりする。残念だが決して、終わりという意味ではない……。

結論が出た。日米台湾の調整に手間取っていた。台湾はもちろん、この北海艦隊に関して、叩ける内に叩くべきだという主張で、アメリカもどちらかと言えばこちらに近かった。日本は、そんな乱暴なことをして、中国の核の報復を招かずに済むのか？　という立場だったらしい。最終的に、全滅させるも、あるいは中華神盾艦に絞って攻撃するも、労力や危険度はたいして変わらない。叩ける時に叩け、何事も後回しにするな！　の戦訓に学び、総力を挙げて攻撃することになった。

参加部隊は、今回もまたフルになる。Ｆ‐35Ａ戦闘機一個飛行隊はＪＳＭ対艦ミサイルを抱いて攻撃、Ｆ‐２戦闘機と、Ｐ‐１哨戒機も同様に参加。一部には国産ミサイルが使用されるだろう。艦載機Ｆ‐35Ｂ戦闘機二個飛行隊は今回それらの護衛任務に就く。発射される空対艦ミサイルの数は、総数で三〇〇発に及ぶが、これは中華神盾艦数隻を含む敵艦隊に対する攻撃としては、明らかに不十分だ。よって、まず中華神盾艦に対して、戦闘機部隊が飽和攻撃を仕掛ける。ぎりぎり接近してな。つまりＦ‐35部隊が先行するということだ。続いてＦ‐２。中華神盾艦を黙らせたという前提で、最後にＰ‐１哨戒機が、残るフリゲイトやコルベットを攻撃する手筈になっている。率直に言って、現在北海艦隊に残っている中華神盾艦だけでも八隻にも及ぶ。これら八隻に対して、たかだか三〇〇発の飽和攻撃、これとてＰ‐１分を交えての話だが、効果が見込めるかどうかは不明だ。一応、台湾空軍機も参加はする」

「無理でしょう？」

と最前列に陣取る新庄一尉が発言した。

「うちのイージス艦一隻だけで、百発からの飽和攻撃を躱したんですよ？　主砲弾まで使って。どうして、たかだか三〇〇発のミサイルで、その八隻もの中華版イージス艦を撃沈できると思ったんですか？」

「それは、新庄君こそ、エイビス・ルームの連中に聞いてよ。君はずっとそこにいたんだから」

「単純計算で、一隻当たり、四〇発近いミサイルでの飽和攻撃でしょう。一発くらい当たるんじゃないの？」

とチャン少佐が言った。

「いやまあ、そうなんだ。西側のイージス・システムを基準に考えるから、それでどうなの？　という話になるが、現実問題として、二〇発も喰らったら大変だよね？」

「艦隊防空って、その本数をたたき落とせるという意味ですよね？　たった二〇発のミサイルも迎撃できないんじゃ、イージス艦を名乗れないでしょうに」

「基本的に、何発ぶち込めば戦闘機能の喪失まで持ち込めるかは、海自側も計算したはずだ。彼らには何か確証があるんだろう。いずれにせよ、われわれは攻撃には直接タッチしないので、当たる当たらないに関心を持っても仕方無い。われわれの目的は、派手に暴れて、出てくる敵の戦闘機部隊の相手をすることだ。敵は、ステルス戦闘機がどこかに潜んでいるはずだ……、と血眼になって探しているだろう。そこに付け入る隙がある。われわれがそれを容赦無く叩き、また敵の空軍力を削る」

「これが、罠である可能性はないですか？」と新庄が念押しで尋ねた。

「無いだろう。だってわれわれは洋上からそれらを攻撃するわけで、もし罠であれば、攻撃があらぬ方角から現れるということになるが、それを阻止するためにわれわれが飛ぶ。ロシア空軍機が突然百機くらい背後に現れたら、それは驚きだろうが、ロシアにそんな余力はないし、ロシアの例のステルス戦闘機とやらも見える。中華神盾艦のレーダー・システムに、ある程度こちらのステルス戦闘機が見えている可能性はあるが、それに備えて、味方機は超低空を飛んで接近する。彼らに長射程ミサイルを撃たせないためにもね。

そもそも、仮にロシアのステルス戦闘機が一〇〇機出現して、四対一の戦いになっても、われわれは圧倒する自信があるだろう？　それで問題ないと思うよ。まだまだディテールを詰めなきゃならない。出撃前に、もう一回ブリーフィングを開く。いったん解散する。新庄君、チャン少佐を連れて、私の部屋に来てくれ」

隣の飛行隊長室に入ると、ベッド代わりのソファがあった。ただのエアドーム・テントなので、天井は低いし、まるでミカン箱を積み上げたような粗末なテーブルが置いてあるだけだ。

「チャン少佐にはすでに話が行っていると聞いているが？」

と日高が聞いた。

「ああ、あの件ね。そういう代物を入手したと聞いただけです。それが動くとか、使えるとかは聞いていません」

「出来るという話だ。ちょっと新庄君とドメスな言語でやりとりさせてくれ」

と日高は日本語に切り替えた。

「第2梯団が上陸する前後だったか、解放軍のJ-11戦闘機が一機、金門島上空で墜落した。墜落というか、不時着を試みたらしい。残念ながらパイロットは亡くなった。機体はかなりの部分原型を留めており、コクピット回りのシステムが無傷で手に入った。中に、敵味方識別装置《IFF》もあった。大っぴらには語られないが、各国の軍当局は、対抗する相手のIFFを熱心に解析している。いざという時に裏をかけるようにね」

　新庄は、それは無茶だろうという呆れ顔だった。

「それ、モードとかコードはどうするんですか？　あちらだって、下手すると任務ごとに変更してますよね」

「対応できるそうだ。国家安全保障局《NSA》は何でも知っている、という奴だな。例の、デュアルバンド搭載早期警戒機を何としても叩き墜したい。あいつのせいで、こちらのステルス戦闘機の運用に支障が出ている」

「それ、魔法みたいな話ですよね。それら諸々を全部クリアできたとして、要撃管制や友軍機から音声通信で呼びかけられたらどうするんですか？　それも暗号なら、われわれは何を言っているのかすら聴き取れないわけで。もちろん、聴き取れても、英語で返すわけにいかないですよね。彼らの管制用語は、英語でもロシア語でもないだろうから」

「もちろん、その手の暗号はとっくに解読ずみだ。そこは問題無い。北京語で話しかけられたら、どうするんだって？……」

　日高は、チャン少佐を指さした。

「ええっ！――」

　と新庄は仰け反った。日高が英語に切り替える。

「私も初めて知ったのだが、彼女は、中国空軍の管制用語集を部内向けに英訳したことがあるらしい。もし北京語で呼びかけられたら、彼女が応答することになる。二日前、とある空軍基地所属のJ‐11戦闘機が撃墜された。ひょっとしたら君らが撃墜したのかも知れないが。パイロットは女性だった。君の機体は、その機体のシリアルを使うことになる。

　味方機を装い、空警機に接近し、近くからミサイルを撃って撃墜する」

「あれ、海岸線から二〇〇キロくらい引っ込んでいるんじゃないですか?」

「そこまでは行かない。海面を這うように飛んでくるミサイルが見えないからね。最悪でも一〇〇キロも引っ込んでいることはない。ただ、護衛戦闘機が煩いというだけだ。J‐35ステルス戦闘機四機が必ず護衛に付いている。それは味方のステルス部隊が相手をする作戦を立てているが……」

「これ、国際法的に大丈夫なのですか? ある種の偽旗作戦ですよね?」

「ま、怪しいだろうね。その辺りを突っ込まれると。だから、だから、君らが撃墜されるのは拙い。万一、撃墜されたら、投降せずに逃げ回ることを勧める。そのために、普段より多いサバイバル・ツールを持って行ってもらう。衛星携帯に、ソーラー・パネルに、自衛用のピストル他諸々。可能であれば、救出チームを送り込む」

「ええと、例の感染症が猛威を振るっているんですよね?」

「だから、決して地元民とは接触するな。断る権利はあるぞ。私の心証は悪くなるが、何せ、君のバックボーンには、総隊司令官殿がいらっしゃるし。お父上に孫の顔も見せなきゃならないし」

「いえ。もちろんやりますとも! ただ、将来、自分の子や孫に自慢できないような行為ではないのかと一瞬思って」

「戦争なんてのは、もう孫に自慢する時代じゃない。われわれは何もかも胸の内に仕舞って墓に入るんだ。チャン少佐、何か意見は?」

「いえ。あの空警機は確かに脅威です。ステルス機で接近できないなら、こういう形で偽装するしかないんでしょう。やる価値のある作戦です。でも将来、映画とか作ってもらいたいですね。私の役はルーシー・リュウかチャン・ツィイーでお願いしようかしら……」

「どっちも知らん」

「例のBモードで姿を消せないいんですか？」と新庄が問うた。

「ああ、それ、実は明るい内に米空軍が試してみたそうだ。まだ使えるかどうか。パッチが当てられて駄目だったたという話だ。残念だが。すぐサバイバル・グッズの説明と受領を頼む。本作戦はもちろん口外無用だ。これから離陸まで、君たち二人は別行動になる。君たちの作戦名は、〞レディオ・ガ・ガ（ラジオに夢中！）作戦〟だ。」

「うわ、古い！……」

チャン少佐のその突っ込みの意味が、新庄にはわからなかった。

「昔のスターを知るのも悪くないぞ」と日高が意味ありげに言った。

このエアドームに窓はない。だが、哨戒ヘリが離陸していくのがわかった。解放軍の潜水艦が、日中中間線を突破して護衛艦隊の真後ろに迫っているという噂だった。

鹿屋どころか那覇までも戻る余裕がなくなったP - 1哨戒機が、すでに二度燃料不足で緊急着陸していた。

第3梯団の指揮を執る姚彦《イエン》少将は、情報参謀の戴一智《タイイーチィ》中佐が差し出すタブレット端末を見ていた。爆導索の二本目が爆発して、また経路が延びた。

「じれったいな。これ同時に爆発させられないのか？」

「爆導索は重たいんです。本来なら、専用の地雷原啓開車両からロケットで発射するくらいですから。最後の一本まで数分必要です」

　万仰東《ワンヤントン》参謀長が、「ここは放棄です！」と駆け込んで来た。

「急いで猛士に乗って下さい！　まもなく迫撃弾が降ってくる」

「雷炎《レイイエン》、逃げるぞ、急げ！」

　雷炎は、程《チエン》中尉と一緒に二台目の猛士に乗り込んだ。猛士が倉庫から飛び出すと、もう背後に銃声が迫っていた。車体後部にバチバチと銃弾が命中していた。

「どこへ逃げているかわかる？」

　と雷炎が聞いた。

「逃げているんじゃありません。前線に向かっているんです！　われわれにはもう前線突破しかありません。南側も敵に包囲されました」


　程中尉は、ドローンの映像を見ながら言った。次から次へと叩き墜されて、あと数機しか残っていなかった。

「いや、それって虎の穴というか……」

「はい！　まさに虎穴に入らずんば虎児を得ずですよ。でもご心配なく。戦場はあまりにも広い。身を隠せる場所は山ほどありますから」

「われわれは包囲状態にあるというのに――」

　突然、背後で何かが爆発した。閃光に続いて、衝撃波が襲ってくる。猛士が一瞬浮かび上がった。

　雷炎は堪らず何かにしがみつこうとしたが、この車両の後部座席には肘掛けもシートベルトも無かった。天井にしたたか頭を打ち付けた。

「どうしてヘルメットを被っていないんですか？」

「重たいじゃん！　どうして敵はあんなに撃ちまくってくるんだ？　われわれは同胞じゃない

か？」

「でも、侵略しましたからねぇ……。でも大丈夫ですよ」

「どうして！」

「戦車の数は、たぶん五分五分ぐらい。兵隊の数では勝っています。そして、援軍も見込めるし、何よりわれわれには軍神・雷炎が付いている」

「どこから援軍が来るんだね？」

「ご自分で手配なさったじゃないですか？」

「いや、そんなことはしていない。私はただ、この部隊は抜ける、動けるはずだと説明したまでだ。だいたい、敵のこの勢いでは無理だね」

後方で連続した爆発音が響く。何かが飛散し、それが車両の前方へと降ってくるのがわかった。

前を走る旅団長が乗る猛士が道を見失っているようにも見えたが、どの道、どっちへ走ろうが敵しかいないのだ。


それでも、前方を走る味方の軽戦車を追い越した時は、これで助かった！　と雷炎は思った。奇妙な安堵感だった。それは、戦車が頼りになるからでは無く、戦車が身代わりの的になってくれるからだった。


桃園国際空港第2ターミナル・ビルでは、コンビニ・スタッフたちの避難活動が始まっていた。台北101ビルのイルミネーション・イベントの記事データが送られてくるのをしばらく待っていた。

最初に送られてきたのは、A4判を斜めに切って、上半分に上空から写した写真、下半分に、それを見守る住民ごしにビルを見上げた写真だった。これはこれで印象的だったが、〝奮闘続く桃園国際空港の少年烈士団たち〟という形で、桃園からも見えたという記事もあった。マグライトに浮かび上がる少年らの笑顔が写っている。

霜山が撮った動画から抜いたカットだった。スタッフはそれをコピー機でカラー・プリントし、あちこちに配る準備をしていたが砲撃が激しくなり、地階へ避難してくれと指示された。

自衛隊の迫撃砲部隊が空港敷地内に展開していることは知っていたが、砲声自体はさして気にならない。だが時々、明らかに流れ弾と思しき命中音があちこちから聞こえるようになり、戦車の流れ弾まで飛んで来るようになった。

やむなくまた地階に避難した。ここもフードコートや何やらがある。不便だし、昼間も暗いが、店舗をここに降ろした方が良いのでは？　という話も出ていた。

台北市内とを結ぶ高速鉄道の改札もこの地階だが、爆撃でトンネルにひびが入り、線路は冠水していた。とりわけ空港を出た所のトンネルが完全に水没状態で、トンネルを脱出口代わりに使っての安全な往き来が出来ない。

だが、万一ということはあるので、郷土防衛隊の白髪頭の世代が、線路の南北方向を見張っていた。敵が水中から現れることを警戒していた。

灯りがあるエリアは限られていたので、地上階と違って不気味なエリアだ。だが、砲撃音が遠ざかるだけでも、少しは安心できた。

以前は、ここでは全くインターネットは使えなかったが、少年烈士団の面々が頑張って、無線LANのアンテナをここまで延ばしていた。

どうやったのかと聞いたら、地上でアクセスできる間に、アメリカのサイトで公開されていた、ウクライナ市民向けの地下壕でネットをするためのハウツー・サイトを見てケーブルやアンテナ類を揃えて工事したとのことだった。

階段には、そのためのケーブルが這っていた。

現代っ子は、食い物が無くても、まずはネットだ。

お陰で、退屈はしなかった。台北101の点灯イベントの公式動画はすでに上がっていたし、それを見守る住民たちの数多の動画も上がり始めていた。もちろん、ここ桃園空港でのイベントの動画もすでに上がっている。

ここに避難しているのは、子供たちだけでは無い。ボランティアで炊き出ししている近所の主婦の皆様や、休憩中、あるいは負傷した兵士たちもいる。

小町らは、そろそろ夜食の準備が必要になると判断し、上の階との往復を開始した。

自衛隊が大部隊で救援に駆けつけ、その中には戦車も入っているということだったので、戦争の成り行きに関しての不安は無かった。ただ、自分たちはそのど真ん中にいるというだけだ。

知念ひとみは、その夜何度か、「慣れって怖いのよね……」と呟いた。確かに、銃声や砲声に、鈍感になりつつあった。

少年烈士団の唯一の日本人少年・依田健祐は、日本にいる母親からLINEでメッセージを貰う羽目になって困っていた。妹が、桃園空港でイベントを見る動画を見付けてしまったらしく、ここに自分がいることがばれてしまったのだ。

台北の安全な防空壕にいることになっている。母親としてはきっと半狂乱だろう。健祐は、返事はしなかった。全く女ってのはこういう時にパニックを起こすから困る……。

フードコートのテーブル席に座りながら、健祐は、ぼんやりと過ごしていた。ネット回線は、使えることは使えるが、所詮はシェア回線なので利用者が増えるとスピードは低下する。なので、地階では、順番を決めて、ネットが出来る空間を狭めてもいたが、それでも速度は遅い。やがてそのスピードにうんざりして止めてしまった。

これはせいぜいSNSやメール・チェックする程度用なのに、皆日常と同じ作業をしようとする。

「なあ、健祐、戦争が終わったらどうなると思う？」

と悪友の高文迪《ガオウェンディ》が聞いてきた。

「そりゃ、普通の日常が戻って来るんじゃないのか？　普段通りに電車に乗って学校に通い、試験に追われて、部活に打ち込む日常がさ」

「そんなことがあるわけないだろう。俺たちはさ、銃までぶっ放して、すっかり汚れちまった。もう昔の純粋な少年には戻れない……。これから一生、世を儚んで、刹那的に生きていくんだよ。これだけ国に貢献したんだから、定期テスト全教科二〇点加点とかあっても良いと思わないか？」

「お前、刹那的ってそういう意味なのか？　やけに実利的なことを言ってるような気がするが……」

「だいたいさ、俺らここで泥水に浸かりながら、毎日弾潜って土嚢作りに励んでいるのに、真っ先に親と一緒に国外に避難した奴らが学校に戻ってくるんだろう。『お前らいろいろ大変だったなぁ』『いやまったくそうだよ！』て、そんなふざけたやりとりで済むと思うか？　こっちは命懸けなのに。若い数学教師に引率を押しつけて家族と逃げたベテラン教師にぺこぺこして教えを請うなんてのもさ！　俺は真っ平だ」

「俺は、すぐ日常に戻るよ。他人のことを気にしてもどうにもならない。親父がいつも言っていた。日本の半導体がもう駄目になるとわかった時、自分は誰より素早く行動を起こした。だからお前達は良い暮らしをしている。過去に執着するな。過去は懐かしみ、捨て去るものだ。常に明日を見ろと」

「俺はさ、実は国を捨てようと思っている。ほとほと嫌気が差したよ。俺らガキに戦争させて、大人は台北に立て籠もって、挙げ句にここが危ないとなっても、送って遣すのは自衛隊だぞ？　外人部隊に血を流させて、国の誇りもあったものじゃない」

「政府には、いろいろ理由があるんだと思うよ。それに、自衛隊は好きで来ているんだし」

砲声はここまで届いて来る。健祐も、戦車の大砲と、迫撃砲の聞き分けが出来るようになった。戦車が近づく気配は無かった。そもそも、迫撃砲部隊は空港内に陣取っている。彼らがここで砲撃を続けているということは、まだ攻撃を受けていないということでもある。

流れ弾は容赦無く飛んでくるが、空港は依然として持ち堪えてる。シェル・ショックを起こした子らが何人かいたが、大人が言うには、子供は素早く適応する。時間が解決するだろうとのことだった。

そうだろうか……。戦争が終わったら、いつもの、普段の日常が戻るだろう。だが、健祐もわかっていた。それはただの願望なのだ。もう誰もあの日には戻れない。

王文雄少佐は、軍のハンヴィに乗ると、民生路と15号線が交わる交差点近くで待っていた。

比嘉に率いられた一個小隊が、王一傑《イージェ》海兵隊少尉と、頼筱喬を前後左右から守って後退してきた。野戦病院から二キロ内陸側だった。

王少佐は、まず二人をハンヴィの後部座席に座らせると、運転手に先行するよう命じた。この辺りはまだどこから弾が飛んでくるかわからないエリアだった。戦車が走り回っている場所からほんの四キロも離れていないのだ。つまり戦車砲の射程圏内だ。

比嘉は、二人を渡したことで、戦場に引き返そうとしていた。

「済みません、比嘉さん。失礼があったみたいで……」

と頭を下げた。

「失礼?……、ああ! 良いじゃないですか。人質の反応はあんなものですよ。そもそも大陸人とは同胞なんですから、哀れみの感情を抱いて当たり前です。ま、シリアルキラーな誰かさんとしばらく同居していて、あれだけのモラルをまだ持っていられることにむしろ驚きましたけどね」

「落ち着いたら、改めて、きちんとお詫びさせますので」

「そうやって保護者気取りしない方が良いですよ。ああいう芯の強い人から嫌われるタイプだ。じゃあ、後ほど!」

比嘉は、全員に早足を命じて出発した。

王少佐は、そこから東へと歩き、ガソリンスタンドの屋根の下に止まっているハンヴィまで歩いた。

「王少尉、海兵隊指揮所まで送りますが、しばらく待って下さい」

と筱喬を降ろして、車から離れた。曳光弾が上がっているせいで、互いの表情は良く読めた。

「まず、無事で良かった。僕はついさっき、貴方が捕虜になっていたことを、その解放の報せと一緒に聞かされたばかりで」

「私を助けるために、あの人たち、何人も兵士を殺したのよ! 許せないわ」

「ええと……、その話はちょっと後回しにして、台北に引き返してほしい。いろいろあちこちに迷惑を掛けたみたいだから、関係者全員がそれを望んでいる」

「迷惑って何ですか？　私、救出に来てくれなんて一言もお願いしませんでしたけど」

「ご免。言葉の綾で、司馬さんを心配させるし。知っての通り、彼女はまだ何もしらない。このまま報せないのが良いと思う。で、正直、土門さんを苦しい立場に追いやったし」

「そういうややこしい話、後で良くないの？　私を、自衛隊の指揮所まで送って下さい。仕事を続けますから」

「あの……、だから、どう言えば良いのか。みんな、貴方の安全を気にしている」

「私は台湾国民として、この国に尽くす義務があるし、それは権利でもあります。勘弁して下さい！」

「この戦場は全然安全じゃないし、われわれは勝っているわけでもない。また捕虜になるかもしれない。捕虜で済めば良いが……」

王少尉がドアを開けて「少佐！　もし時間が掛かるようでしたら、自分だけでも先に――」と急かした。

「済まない。もう終わる……。じゃあこうしよう。司馬さんに気付かれない方に賭けることにして、何かあったら、僕が許可した。許可して、それは誰にも話さなかったことにしよう」

「わかりました。私だって、誰かの役に立ちたいんです。邪魔しないで下さい。みんな私のことを箱入り娘みたいに扱って……」

「とにかく、司馬さんには見つからないようにね。英雄の一人娘として大事にされているんですよ。貴方を気遣ってくれる人がそれだけ大勢いるということです」

二人はハンヴィに乗り込み、車を出させた。空港東側へと大回りだった。

「戦況はどうなっているんですか？」

と少尉が聞いた。

「今は、支えているという以上のことは言えないですね。いつ絶対防衛線を突破されるかわからない。こちらは火力支援があるが、敵はまだ数で優っている」

「彼女、立派でしたよ？　少佐。彼女の腕の中で、何人も兵士が息を引き取ったけれど、彼女は、泣き言も言わずに負傷兵の手当を続けた。子供扱いは失礼だ！」

「済まない、少尉。いろいろ複雑でね……」

王は、助手席から生返事した。

「馬鹿げている！　皆、生きるか死ぬかで戦っているのに、互いに牽制し合っている場合ですか？　抱き合ってキスして互いの無事を喜ぶべきじゃないんですか！」

「少尉、私たち、まだそこまで行ってないの……」と筱喬が気まずい雰囲気で言った。

「なんで？　どうして！」

「いえ、だってそういうことってほら……、段取りとかあるものでしょう？」

「今は戦時です。それ全部カットして構いません！」

「濁水渓で、あの人に言われた。こんな危険なことをする男にチャオはやれないと」

王少佐はぽつりと言った。その横顔が、時々照明弾に照らされた。

「叔母さんが決めることじゃないわよね。私たちが……」

「二等兵！　近くの教会にでも突っ込め！　神父を連れて来て、俺が立会人になってやるから！」

二人とも白団の血筋だ。王文雄は、白団そのもののメンバーとして日本に留学した。筱喬の父は、軍人として、また白団として祖国に命を捧げた。これはたぶん運命なのだろう……。二人とも、そう思っていた。わざわざ言葉にするまでもないことだった。

舟木一佐は、10式を海岸から出そうとしていた。戦闘ヘリの登場もあり、敵は結局、それ以上の上陸を諦めた様子だった。

パンツァー・ファーストを持った普通科隊員と、キドセン一両で、海岸線を守らせることにした。

独立愚連隊の兵士らが先行する間、舟木はタブレット端末を出して、山崎と状況を検討した。

「キドセン二両と、10式二両で殴り込みを掛けたいと思う。この海岸線沿いの高架下に沿って南下して、もし敵が見えるようなら狙撃しよう」

「キドセンが先ってことで良いですね」

「うん、軽い方が先で良いだろう。万が一もある。それで、この海港路が分岐する辺りまで来たら、陸側へ左折して、ここで前後を交替し、真っ直ぐ進む。絶対防衛線に向けて、敵の背後を衝く形になる。歩兵が潜める草むらがいくらでもあるから、ここは愚連隊を先行させることにして。だが、できれば突っ走って軽戦車の横腹を狙いたいな」

「砲撃が下火になってきたような気がしますが？」

「敵の砲声？　ああそうだね。弾が尽きつつあるか、何か他の状況に備えているのかどっちかだな」

「航空支援はどうしましょう？　一応、要請は出してあるし、ＦＡＣもいるはずなので、まま精確に爆弾を落とせると思いますが」

「まだまだ面積が広すぎるんじゃないの？　それに、ここだけの話、戦車はやっぱり俺たちで倒したいよね。爆弾は直撃しなきゃ戦車を潰せないし。もう少し敵の包囲網を狭めてからだと思うよ。先行し過ぎて地雷原に突っ込まないように気をつけよう。南からも独立愚連隊が迫っている。敵の退路は断った！　もう逃げ場はない」

キドセン二両が先行し、その後を10式が走る。高架上も、独立愚連隊の歩兵が走っていた。左右の見晴らしが素晴らしい。時々、空港まで見える。それだけに、車両で突っ走るのは危険だった。

南下はほんの二〇〇〇メートルだ。敵はすでに、せいぜい五キロ四方のエリアに封じ込められつつあった。


空港北端の海兵隊指揮所に王一傑少尉が現れると、指揮所要員の全員が拍手で出迎えてくれた。

とりわけ、大隊長の陳智偉《チェンヂーウェイ》大佐は、満面の笑顔で出迎えた。

「王一傑よ！　ほんの半日で捕虜収容所から脱出してくるとは、つくづく強運な男だな」

「はい。ご心配をお掛けしました。戦況はどうでありますか？」

「うん。われわれは押している。敵は包囲されつつある。それだけのことだ。別に勝ったわけではない。知っての通り、敵は淡水でも陽明山でも、われわれの包囲網を突破して脱出した。だから私は、何も喜んでいない。雷炎はきっと奇策を用意していることだろう。自衛隊の戦いを見守っている」

王は、作戦図を一瞥した。

「われわれの指揮所より、自衛隊の指揮所の方が前に出ているのですか？」

「そうだ。お勧めしないと言ったのだがな、陸戦は彼らの方が経験がある。たぶん、部隊に意気込みを示すためだろう。現状、それは上手く行っている。ところで少尉、君が包囲された時、よりによって姚提督相手に、『負傷兵は逃がしてやれ！』と交渉した話に胸が打たれたよ」

「はい。後になって、自分がそれを要求した相手が、敵の大将だと知って背筋が凍り付きましたが、あの時は必死でした」

「うん。その話を聞いた瞬間、皆で、仲間思いのエリート学徒士官の死を悼んで、より立派な勲章を申請しようと泣いたものだ。君のその立派な心がけが身を助けたのだ。その心がけを忘れずに戦ってくれ」

「はい。心します。自分の小隊は無事ですか？」

「もちろんだ。君を失ったことで一時的にショック状態に陥ったので、一時下げたが、今は自衛隊部隊と一緒に戦っているよ。だがまあ、お茶くらい飲んで行け」

「いえ。十分休息しました。直ちに原隊に復帰します！」

「では許可する！　行ってこい――」

王少尉は、誰かの、たぶん戦死者の銃を受け取り、指揮所を辞した。

頼筱喬を乗せたハンヴィも、即機連指揮所の消防署前に止まった。もう敵のドローンは飛んでいない。車両を隠す必要は無かった。

ハンヴィから降りると、筱喬は、南の方角で、地上へ落ちていく照明弾の軌跡をしばらく追い掛けた。

「これって、運命なのかしら？」

「そうだね、たぶん、僕らが生まれた頃から決められていた。でも、運命って言葉は好きじゃないな。道は自分で切り開くものさ」

筱喬は、文雄が開いた腕の中に身を寄せて、深いため息を漏らした。

「……終わったら、ゆっくりお話ししましょう！何もかもが終わったら……」

互いの鼓動を感じて、二人は別れた。

指揮所に顔を出し、「頼筱喬、戻りました！

――」と声を上げた。

暗い室内で、皆が「えっ！」という反応を示した。

「まさか、幽霊じゃ無いだろうな？　本当は、砲撃に巻き込まれて亡くなってて、魂だけが挨拶に現れたとか？」

と堤一佐が驚いた。

「いえ、実体のある魂です！　ご心配をお掛けしましたが、王少尉とともに無事に救出されました。自分は、敵上陸部隊の指揮所を探索し、味方の攻撃に貢献もできたつもりです。姚提督と差しでお話もしました。立派な人でした」

「怪我はないね？」

「はい、戦闘服が血染めですが、自分の血ではありません」

この暗闇に、もとから出血が目立たない戦闘服では確認のしようもなかったが。

「良かった！　正直、貴方がいなくなって非常に困っていた。台湾軍と無線でやりとりするんだが、これがお互い片言の英語でね……。栄養ゼリーでも飲んで、しばらくゆっくりして。幸い今、敵の攻勢は少し下火になっている。理由は不明だが」

「われわれは勝っているんですよね？」

「いやいや！　とんでもない。押してはいる。これが難しい所でね、押しているつもりの盤面が一瞬でひっくり返されることがある。だから、押しているという事実に対して、何も期待するな安心するなと私は部下に命じているんだ」

これで後は、司馬の叔母様に何もかも隠し通せれば、万事上手く行くだろう。

第七章　剣ヶ峰作戦

海上自衛隊・第一航空群所属のＰ‐１哨戒機は、鹿屋基地を飛び立った後、対潜哨戒を繰り広げながら、徐々に南下していた。剣ヶ峰作戦に参加するためだった。

　爆弾倉には航空爆雷、翼下パイロンには、各機四発の空対艦ミサイルを装備している。

　奄美大島沖方向へと脱出した北海艦隊の攻撃型原子力潜水艦三隻をすでに強制浮上させていた。

　奇妙な潜水艦狩り作戦だった。海軍ではなく米海兵隊に所属するＭＱ‐９〝シーガーディアン〟無人機が投下したソノブイ情報を、米海軍のＰ‐８哨戒機が拾い、解析し、潜水艦を探知すると、Ｐ‐１哨戒機が飛んで来て、海面すれすれの超低空に降りて磁気探査《ＭＡＤ》飛行を行い、敵潜の位置を特定、真上から航空爆雷を投下してしつこく警告、強制浮上させる作戦だった。

　Ｐ‐８が投下したソノブイでキャッチした情報により、ＭＡＤ飛行する無人機も別に飛んでいた。

　表向きは、オーバーワークのＰ‐１の負担を軽減するためということだった。

　リソースが豊富な米軍は良い。あれやこれやのオモチャを繰り出して対潜哨戒できる。海自は、哨戒機一機で何もかもやってこなす必要があるのだ。

第一航空群第一航空隊司令の伊勢崎将《いせざきたもつ》一佐は、P－1哨戒機の戦術航空士席《TACCO》で指揮を執りながらそう思った。

さっきから追い掛けている潜水艦が一隻あった。

通常動力潜。相手の正体はわかっていた。開戦から半ば、溺者救助に当たっていたこちら側の巡視船を魚雷攻撃して撃沈した通常動力潜だった。

大陸棚が切れた辺りの変温層に潜り込んで、出たり入ったりを繰り返していた。

付近には、海自のヘリ空母も展開している。何としても撃沈しなければならない。原潜は、汚染問題が生じるので強制浮上に留めよという厳命が出ていたが、通常動力潜に関しては、撃沈せよ、との命令が出ている。

だが、どうしても敵が出て来ないのだ。

通信からひっきりなしに警告が発せられる。哨戒域を脱して、直ちに剣ヶ峰作戦の指揮を執れ！

という命令だった。

仕舞いには、鹿屋から直接無線で呼び出された。第一航空群首席幕僚の下園茂喜《しもぞのしげき》一佐が、音声通信を求めていた。

「いい加減にしろ！　哨戒ヘリも飛んでいる。そこにいるのは、君の機体だけではないぞ。作戦全体を危険に陥れるつもりか？　こちらの計算では、帰りの燃料は余っているだろうに。帰りに探せば良い。急ぎ空域に前進せよ！」

もし、その時間帯まで護衛艦隊が無事なら、帰りに探すという手もある。仕方無い。

どちらを取るかと言えば、敵水上艦隊の撃滅が優先する。伊勢崎は、対潜哨戒の中止を決断し、剣ヶ峰作戦への指揮を執るべくパイロットに高度を上げるよう命じた。


キロ級通常動力型潜水艦の一二番鑑〝遠征75〟

（四〇〇〇トン）は、その頃、徳之島沖二〇〇キロの海域にいた。

前回、浅い海域まで浮上した時、衛星監視による自衛艦隊展開の情報を受け取った。もちろん、彼らはそこにじっとしているわけではない、潜水艦攻撃を避けて常に回避運動を取っているし、ヘリ空母に至っては、戦闘機を運用する必要から、始終三〇ノット近いスピードですっ飛ばしている。

ほんの一時間あれば、五〇キロも離れてしまうのだ。そして、最後の受信からすでに二時間が経過していた。スパイ衛星や何やらで位置特定した時点で、すでに敵艦はそこにはいない、そのタイムラグを考えると、三時間から四時間の誤差は見込む必要がある。

ということはつまり、最大で二〇〇キロ前後も位置がずれるということだ。

護衛艦を何度かキャッチした。攻撃しようと思えば出来たが、獲物はあくまでもヘリ空母だった。

艦長の鉄義和《ティエイーホー》海軍中佐は、今日まで殺られまくった味方の仇を討とうと必死だった。

最初に仕掛けて沈めた船が巡視船だったという事実は、しばらく彼に罪悪感をもたらしたが、今はもう無い。これは戦争で、やるかやられるかだ。

そして、味方の艦隊はボロ負け状態だった。正規空母に至っては、湾奥深くに逃げ込んで、何の役にも立っていない。

結果を出さねばならなかった。艦長は、もう一度、通信ブイを上げるべきかどうか迷った。それ自体が、無人機や哨戒機に発見される恐れもある。だが、艦隊司令部も結果を求めているはずだ。小まめな情報取得に心がけていることだろう。

「よし！　もう一回ブイを上げよう。ゆっくりで良い。深度五〇まで上がれ！」

突然、発令所の眼の前で乗組員が一人ぶっ倒れた。疲労のせいだった。

「みんな頑張れ！　あと数日だ――」

あと数日でどうにかなるのか？　西側のラジオ放送をたまに聞く分では、地上戦も上手く行っているようには思えなかった。

北京は、「勝つまでなら、ロシアのように何年でも戦う！」と檄を飛ばしたらしいが、海峡を挟んでの戦争など、そうだらだら続けられるものでもない。

その海峡を制するためにも、この辺り全体の制海権を確保する必要がある。だが、平時から世界でもっとも濃密な対潜哨戒が行われているこの海域は手強かった。

航空自衛隊警戒航空団飛行警戒管制群副司令の戸河啓子《とがわけいこ》二佐は、剣ヶ峰作戦の慌ただしさに面食らっていた。何しろ、北海艦隊南下の情報自体、彼女が乗るＥ‐767空中早期警戒管制指揮機《AWACS》が、新田原《にゅうたばる》基地を離陸した後にもたらされた情報だった。

作戦自体は、この日に備えて以前から用意されていたのだろうが、参加規模も大きい。そして、これまで交戦経験の無い相手への艦隊攻撃も初めてだ。

敵は、この三週間に得られた戦訓をどの程度生かしているのだろうかと思った。一度空中給油を受けて、すでに一〇時間飛び続けていた。

囮を兼ねるＥＸ部隊が、下地島空港を離陸していく。続いて、陸上基地運用のＦ‐35Ａ部隊が参集し始める。ウエポンベイに二発のＪＳＭミサイルを抱いていた。

遠くからでも撃てるが、今回は、なるべくぎりぎりまで接近しての作戦だった。

そして最後に、国産対艦ミサイルを翼下に四発装備したF‐2戦闘機部隊が続く。

発進したEX編隊が、基隆へと針路を取る。一機だけ、目立たないよう遅れを取っている機体がいた。

第六〇二飛行隊副隊長の内村泰治《うちむらたいじ》三佐がモニターを見ながら、「こいつですね……」と指さした。

「例の空警機、まだ上がっていないわね？」

「寧波《ニンポー》に降りて、もう二時間近い。もう上がって来ますよ。あれはいつもY‐9Xと一緒に上がる。こちらの動きに呼応して牽制してくるはずです」

「われわれもオーバーワークだけど、彼らも良くやるわね。あんな小さな機体で」

「全く同感です。たいした胆力だ。会ってみたいものです」

EX部隊、最後の一機、新庄機が高度を落とし始めた。ぎりぎりまで隠れて、敵レーダーに捕捉された瞬間には、J‐11戦闘機に化けているはずだ。

「これ、味方から誤射される危険はないの？」

「ネットワークで繋がっている友軍機には、全てEXとしてマーキングされます。また、現場ですれ違うだけの友軍機のIFFには、自前のIFFが応答しますから、問題はありません。でもこれ、法的に大丈夫なんですかね。偽旗作戦ですが。もし作戦に成功したら、われわれ、ことの真相は墓場まで持って行くしかない」

「そうするしかないわね。総隊司令部から、情報を開示した隊員のリストを作成して出すよう命じられているわ。でも問題は、成功した時のことより、失敗した時のことよ。J‐35戦闘機、性能も良いし、パイロットは選りすぐりみたいだから」

事実として、AWACSのレーダーには映っていない。AWACSより前に出ているE‐2

D〝アドバンスド・ホークアイ〟早期警戒機が基隆上空を飛んでいる。そのレーダーには辛うじて映っていた。

「一応、いつでも味方の戦闘機部隊をエスコートに突っ込めるよう準備しておきましょう。今、大陸で撃墜されたら、仮に捕虜になっても、たちまち疫病で死ぬ羽目になるわ」

「わかりました。作戦を立てます。もし敵の対応レベルが限定的なら、何機かを待機させておきましょう」

大陸沿岸部を警戒飛行している敵戦闘機部隊に動きはまだ無かった。彼らは、早期警戒機もだいぶ失っている。どう出てくるのだろうと思った。

その寧波国際空港では、慌ただしく離陸準備が勧められていた。

デュアルバンド・レーダーを装備するKJ‐600（空警‐600）の開発を指揮する浩菲《ハオフェイ》中佐が、隣に駐機するY‐9X哨戒機のタラップを上がってくる。

朝まで休めるかと思ったが、今の敵には勢いがある。

機内では、全員が医療用マスクと医療用手袋を着用していた。

「あまり近づかないで下さい！　整備兵にまた一人、感染者が出ました。われわれに感染するのは時間の問題です」

哨戒機の開発チーム・リーダー・鍾桂蘭《チオンクイラン》海軍少佐が距離を取るように求めた。システムにはすでに火が入っていた。

「貴方たちはまだ若いから、よほどの不運がないと死なないわよ」

「とんでもない！　隣の上海は酷いらしいですよ。海軍機が、上空を飛行中、たまたま撮影したという写真が出回っています。死体はもう路上に放置され、小学校の校庭を掘り返して埋めているとか」

「われわれが案じても始まらないわ。そんなことより、なんで北海艦隊が行列して向かってくるのよ？　私たち何も聞かされていないじゃない」

「東海南海艦隊分の損失穴埋めであって、北海艦隊で殴り込みを掛けるという話ではなさそうです」

「なら、あんな目立つことをしなくとも、三、四隻で、敵の注意を惹かないようこっそり移動すれば良かったのに」

「艦隊行動の方が、安全だからということらしいです」

「それは三日前までの話よ。沿岸部の飛行場は全滅。戦闘機も半減して空からは守れない。のこのこつるべ撃ちされるために出てくるようなものだわ。ところで貴方、例の天才青年と何かあった？」

「え？――」

とマスクの下で驚いた反応をした。

「彼、姿が見えないわね？」

「ええ。地上で集中したい作業があるからと。やっぱり……、良くないですよね？」

「私の人生じゃない」

「だって、彼が三〇歳の時、私はもう四〇歳ですよ。うまくいきっこない」

「確かに、周囲では、そこまでの年の差婚は無いわね。でも、失敗したらまたトライすれば良いじゃ無い。それがエンジニアってものよ。失敗を前提に考えても仕方無いと思うわ。深圳のS機関の近くに、海軍があの辺りのエンジニアを当てにして研究施設を立ち上げるという話があるじゃない。あそこに異動すればいい。われわれはパイロットじゃなくてエンジニアなんですから、何も飛行場で暮らす必要は無いわ」

「先輩も行きますか？」

「考えておきます。じゃあ、みんな頑張ってよ！」

　中佐はクルー全員に声を掛けてからタラップを降りた。タラップの下で、J‐35戦闘飛行隊を率いる火子介《フォツージェ》海軍中佐が待っていた。

「なんでこんな所にいるのよ？」

「それが、感染が拡がっているとのことで、ここに降りる許可がなかなか出なかったんだ。例の〝ライジング・サン〟のことだ。何としても撃墜しろ！　という命令が出ている。昨日、罠を張ってみた。食いついたが、一瞬で針を外された。頭の良いパイロットだ。冷静だし、状況判断にミスはない」

「私の機体は囮になれないわよ？　相手がステルスなら囮役も出来るけれど、あの戦闘機はレーダーにまる見えだから、私が囮になっても、近くに貴方の編隊がいることはすぐばれるでしょう。そもそも、私の機体自体が敵の最重要ターゲットだけど」

「ああそうだね。あの機体はわれわれを苛つかせるし、君の空警機は、実際に敵を遠ざけている」

「とにかく今は、北海艦隊を守ることに集中しましょう。中国ってつくづく、右手がやっていることが左手に伝わらない国なのね」

「そうだな。だが、考えておいてくれ。何か作戦がないか」

「私はエンジニアです。そういうことは貴方が考えて下さいな。火子介、生き延びて家族の元に還りなさい。この戦争、始まった頃とは状況が逆転したわ。われわれにもう勝ち目はなくてよ……」

「君こそな。一度結婚してみれば？　それも人生経験になる」

「大きな御世話よ！」

誰がそのチャンスをふいにさせたと思っているんだ！　と中佐は胸の内で叫んだ。

空警機のクルーが機内から顔を出して、「急げ急げ！」とジェスチャーで合図していた。

せめて六時間前に連絡があっても良い作戦だよなぁ……、と中佐は思いながら、かつての恋人に「じゃあ」と手を振って愛機へと急いだ。

五分後、空警機と哨戒機は相次いで空に上がった。安全な飛行コースを取るため、艦隊に接近するまで四〇分は掛かりそうだった。


新庄機は、基隆沖に達しようとしていた。ようやく、空警機がＡＷＡＣＳのレーダーに映る。見える距離ぎりぎりだった。

「藍ちゃん、これ困ったかも……。こちらの想定より、現れるのが三〇分も遅れている。あれじゃ、こっちのステルス戦闘機がぎりぎりでなければ見えないはずなのに」

ＡＷＡＣＳの情報を多機能ディスプレイで確認しながら、チャン少佐がぼやいた。

「中華神盾艦からは、ある程度見えるんですよね？　こちらのステルスが」

「ええ。あれは、雲霞の如く殺到するわれわれのＦ‐35戦闘機を発見して叩き墜すための艦ですからね。ただ、見えなくも無いという程度でしょう。はっきりと、『見えている』と断言したレポートは見た記憶はないわ。ちょっといったん旋回して時間調整しましょう。向こうもいろいろ事情があるんでしょうけれど……」

新庄は、コースを東へと戻した。

「作戦名の〝レディオ・ガ・ガ〟ですけど、これ、レディー・ガガの間違いではないんですよね？」

「アハハ！　藍ちゃん、若いから。レディオ・ガ・ガはロックバンド、クイーンの名曲。良い歌よ。

ラジオ全盛期時代を懐かしむ歌詞で、でも私はまだ生まれる前の歌かしら……。そして、アメリカ人ならみんな知っていることだけど、レディ・ガガの芸名は、この歌のタイトルから取られた」

「へぇ、そうなんですか。帰ったら聞いてみます！」

先鋒のF‐35A部隊が、福州《フウジョウ》市沖を航行中の中華神盾艦へ向けてJSMミサイルで攻撃し始めた。彼らが爆弾倉を開いた瞬間に、ようやくその戦闘機はキャッチされたが、沖合一二〇キロからの発射だった。

続いて、F‐2戦闘機が、国産のASM‐3Aミサイルを相対距離三〇〇キロから発射した。ラム・ジェット・エンジンに点火し、あっという間にJSMミサイルを追い越した。

高空発射‐高空巡航‐終末シースキミングで突っ込んで行く。総数八〇発。

高空巡航している時点で、中華神盾艦が艦隊防空用ミサイルを一斉に発射し始めた。だがこれは囮で、本命は、F‐35Aが発射したJSMだった。

ASM‐3Aのほとんどが撃墜されたが、シースキミングで接近するJSMの多くが、接近を探知されることなく中華神盾艦を包囲した。まさにそれは包囲という表現が相応しかった。

単純に、戦闘機がいる方向から突っ込むわけではない。ミサイルは、その反対側にも回り込み、一隻の中華神盾艦に対して八発で襲いかかった。

近接火器防空火器システムを躱《かわ》すための戦法だった。主砲弾も迎撃に参加したが、いかんせん彼らは未経験だった。

就役したばかりのピカピカの軍艦に、かき集められた乗組員。単縦陣で南へと向かう軍艦が、次々と被弾して炎上していく。その炎は、沿岸部からも目撃された。まるで漁り火のようだった。

仕上げは、P‐1哨戒機だった。これもハープーンやASM‐2ミサイルを発射してその他のフリゲイトに対して飽和攻撃を仕掛ける。艦隊防空を担う中華神盾艦が潰滅した後とあっては、為す術もなかった。せいぜい初弾から二発、三発目辺りを叩き墜すのが限界だった。

二〇分と掛からず、北海艦隊は潰滅した。日本側から見ると、意味不明な出撃だった。そして、艦隊が潰滅した後は、EX部隊、そして艦載機のF‐35B部隊による戦闘機狩りが始まった。

新庄機は、それを右手に見ながら、大陸上空へと乗った。時々地上から敵味方識別装置のリクエストを受ける。地対空ミサイル部隊だ。問題無く装置は機能していた。

「空警機、見えているわよ。E‐2Dが捕捉している。護衛の戦闘機も。AWACSには見えていないから、間違い無くJ‐35だわ」

「昨日、チームプレイを仕掛けて来た奴ですよね」

「そうだと思う。暗いから格闘戦は避けてよ。というか、彼らと交戦する前に空警機を殺りたいけれど。いくら友軍機と言っても、接近して来る機体は怪しまれる。どこまで近づくかが問題ね。右手にY‐9X」

新庄からも見えていた。対空用レギオン・ポッドの光学センサーがそのシルエットを捉えていた。高度はほぼ同じだ。

Y‐9Xの鍾桂蘭少佐もその機体に気付いていた。ミサイルを撃ち尽くし、あるいは不調に陥った戦闘機が何機か引き返して来る。特に整備不良の機体は増えていた。

EOセンサーのターレットを降ろして、その戦闘機を追い掛けながら、「なんて馬鹿な奴ら！」と嘆いた。

炎上して、まだ浮かんでいる艦には、マーベリック・ミサイルを装備した台湾空軍戦闘機が、逐一止《とど》めを刺して回った。そこに情け容赦は無かった。それを叩き墜そうと味方戦闘機が突っ込むと、F - 35部隊がすかさず出て来て迎撃された。

そこには、初歩的な戦術の格差があった。

軍は、海軍艦艇が潰滅したことを理由として核攻撃でもやらかすのではないか？　その理由を作るためにわざと全滅させたのではないか？　とも思いたくなった。

何もかも滅茶苦茶だ。ウクライナに侵攻したロシア軍が敗色濃厚となり、その行動がでたらめぶりを加速して行った頃、いったいなんでこんな馬鹿げたことをと思ったが、今なら理解出来る。敗色濃厚な軍が破れかぶれ、自暴自棄な作戦に走っているのだ。

レンズをズームさせて、基地へ引き揚げて行く味方機を見遣った。見慣れたシルエットだ。J - 11戦闘機、J - 11……。

「え？……、何なのこれ……」

そこにあるのは、J - 11ではない、F - 15戦闘機だった。明らかにミサイルをフル装備状態だ。

だが変だった。こちらの相対距離は、六〇キロもない。あのEXのレギオン・ポッドには鮮明にこの機体が見えているはずなのに、撃ってはこない。なぜだ……。いやそもそも、どうして誰もこの敵機に仕掛けていないのだ。

「みんな左翼に注目して！　J - 11が飛んでいるけれど、EOセンサーで覗く輪郭はどう見てもれいのイーグル戦闘機よ？　誰か説明できる？」

「鹵獲《ろかく》した機体か何かでは無いですか？」

と誰かが言った。

「なら誤射されないようエスコート役が付くでしょう」

いったいこの戦闘機はどこに向かっているのだろう……。

北の方角から先輩の乗る空警機が向かってくる。交差はしないが、両者の間隔は狭まっていた。そしてY-9XのEOセンサーを回すと、空警機の後方に四機のJ-35戦闘機が飛んでいるのが見えた。

少佐は無線で空警機を呼び出した。

空警機の浩菲中佐も気付いてはいたが、それだけのことだった。彼女もまた、起こった事態に打ちのめされていた。

この手の早期警戒機には珍しい胴体下のEOセンサーを降ろしてみたが、今はほぼ正面から向き合っているので、シルエットが良く見えない。

無線で呼びかけさせた。珍しく女性パイロットだった。システムがあちこち落ちて、レーダー死亡、IFFも作動しているかどうかわからない、寧波へ向かっていると言っていた。

特に怪しい所は無かった。だが、護衛のJ-35戦闘機は違った。戦闘機のレーダーに火が入るのがわかった。

新庄は、敵のステルス戦闘機がレーダーを使った途端、アムラーム空対空ミサイル四発を空警機に向けて発射した。アムラームは、位置エネルギーを得ようと真っ直ぐ上昇していく。上昇しながら、四発全てがコースを変えた。

浩中佐は、「ミサイル四発、来るわよ！」と叫んだ。

距離が近すぎる。もう四〇キロもない至近距離で撃たれていた。命中まで四〇秒もない。せいぜい三〇秒だろう。

機長にして、唯一の男性クルーの葉凡《イエファン》少佐が、「みんな捕まってろ！　ジャミングからチャフまで、できること全部を試す！」と報告した。

新庄は、向かってくる二機のステルス戦闘機へ向けて、アムラーム四発を発射する。

「いったん交差してブレイクします！」

「それが良いわ」

アフターバーナーを入れて速度を増す。

Ｊ‐35戦闘機を率いる火子介中佐は、二機で敵機に向かわせると、自分は向かってくるミサイルに集中した。ＰＬ‐12空対空ミサイルを発射しながら、空警機の上へと移動し始めた。

アムラーム一発が撃破される。残るは三発。着弾のタイミングを計って、更に空警機の上に出る。アムラームは、落下エネルギーを使ってさらに増速していた。

空警機で、浩中佐が「止めて！　止めて！」と叫んでいた。頭上からチャフ＆フレアが発射されていた。Ｊ‐35がチャフのカバーを提供しようとしていた。

一発が地上へと突っ込んで行く。更に、火中佐は、機体を左へ捻ってサイドから突っ込んでくるミサイルとの間に入った。アムラーム一発が戦闘機の胴体に突っ込んで爆発する。

その瞬間、葉少佐は自機のチャフを発射しながら、機体を斜めに滑らせた。機体が七〇度ほど右翼へ傾く。そうすることで、ミサイルのシーカーに対して、反射面積が極小になるのだ。

「子介！　なんてことを」

浩菲中佐は、最後の瞬間、Ｙ‐９Ｘへ無線を繋いだ。

「桂蘭！　ご免なさい。後をお願い！　坊やと幸せに！――」

アムラームが直撃すると、背中に背負ったお椀のレーダーがぽっきりと折れ、巨大な赤い星をペイントしたレーダーが落下していく。胴体はだが、真ん中で真っ二つに折れた。

燃料はまだ満載状態だったので、機体の残骸は炎に包まれて真っ直ぐ落下して行った。

新庄機は、一機を叩き墜したが、まだ二機に追われていた。何度、この状態で戦っただろうかと思った。だが今回は、内陸部に入っている。

周辺の基地からはまだ戦闘機が上がり続けていた。

「ミサイルを撃って機体を軽くしませんか？」

「良いわよ、やっちゃって！」

残ったアムラーム・ミサイルを撃ちまくる。二発だけ残し、敵を撒いて脱出に掛かった。高度を落とし、山岳部へと急降下する。

だが、どうしても一機を振り切れなかった。ちょっとでも高度を上げるとこっちを発見してミサイルを撃とうとする。その度に山陰へと降りた。

こんな暗闇では、センサーだけが頼りだ。新庄は全神経を集中した。

「北から四機編隊、本物のJ‐11。西から四機、これはJ‐10ね」

「どうします？　撃たれる前にベイルアウトしますか？」

「ちょっとクレバーな戦術を採るわ。敵パイロットの思考を飽和攻撃します。まず、南西一二〇キロにいる、これは給油機に、残るアムラーム一発を撃って、次の谷筋で左旋回、同時にフレアを発射。急上昇して速度を殺し、敵の背後を取りなさい！」

「それ、なんて戦術ですか？」

「ハワイアン・ロール！　よ。私たちはそう名付けた。夜しか使えない戦術だけど。全作業を三秒以内でやりなさい」

新庄はタイミングを計った。目前にY字谷が迫って来る。ラダーを蹴って操縦桿を倒す寸前に、

一、ミサイル発射！　二、フレア発射！、三、左の谷筋へ急旋回、そして四、急上昇！――」
速度が死に、極端な迎え角《AOA》失速に陥り、失速警報が鳴り始めた。

「パワー入れて！――」

敵のJ－35戦闘機が、前方へとオーバー・シュートして行く。ミサイルの輝点とフレアに騙され、こちらの位置を一瞬見失ったのだ。

「デッド・シックス取った！――」

新庄は、姿勢と速度を戻しながら、バルカン砲を一斉射した。敵機が山肌に突っ込んで爆発する。

「ふう……、で、ミサイルは後一発ですけど、場所を探して脱出しましょう。海岸線は遠い……」

今や一二機以上もの敵戦闘機が迫っていた。

「その必要はなさそうよ……」

空を見上げると、前方に複数の輝点があった。ぐんぐんと空へ登っていく。アムラーム・ミサイルの群れだった。

そのミサイルは新庄機を飛び越えると、すぐ下降モードに入って、背中に食らいついていたJ－11戦闘機の群れに襲いかかった。

一機のF－35B戦闘機が、EXと交差すると反転して横に並んだ。

「ウィッチ！　こちらコアラ、うちに帰るわよ」

「了解、コアラ。また借りができましたね？」

「どこかに、良い男でもいたら紹介してね」

ヘリコプター搭載護衛艦DDH－184〝かが〟（二六〇〇〇トン）を発進した第三〇八飛行隊・TACネーム〝コアラ〟の宮瀬《みやせ》茜《あかね》一尉が操縦する戦闘機が、徐々に高度を上げ始めた。新庄機は、その機体を追って洋上へと抜けた。

四機のF－35Bが、新庄機を守っていた。彼女らを追いかけて来る敵はいなかった。

そして、海上での対潜水艦戦も佳境を迎えていた。

往路でＰ‐１がロストした通常動力潜は、護衛艦隊に接近しすぎて、哨戒ヘリ部隊の餌食になった。三機のＳＨ‐60Ｋ哨戒ヘリから魚雷を落とされ、キロ級通常動力型潜水艦の一二番鑑〝遠征75〟は、沖永良部沖七〇キロの海域で撃沈された。

艦長の鉄義和海軍中佐は、最後の瞬間、せめて浅い大陸棚海域まで辿り着こうと足掻いたが、その祈りは通じなかった。

剣ヶ峰作戦、レディオ・ガ・ガ作戦は成功した。ひとまず洋上の脅威と、空での最大の脅威の排除に成功したが、陸上での戦いが終わったわけではなかった。

新竹での戦闘もまだ続いていた。姜小隊の狙撃手、ニードルこと由良慎司《ゆらしんじ》三曹は、雑居ビルの一二階に上り、六〇〇メートル離れたオフィス・ビルの同じフロアを双眼鏡で観察していた。

窓にはブラインドが降りているが、時々、そのブラインドの向こうで誰かが室内の微かな灯りを横切るのがわかった。

「あのペンシル・ビルは、道路側の一方向へしか拓けていない。三方は、隣のビル壁に挟まれて、隙間は一メートルしかない。考えたな。こんな狭いビルで、ドローンを運用しているなんて誰も考えないだろう。攻めようもないぞ。難攻不落だ」

バディを組むボーンズこと姉小路実篤《あねこうじさねあつ》二曹がそのビルのＧＰＳ座標を確認しながら言った。

「電源ケーブルが、両隣のビルに延びている。電源を取っているのは間違い無いし、ＭＡＮＥＴの一角でもあるから、まあそうだろうな。でも、確認すべきじゃないかな？　立て籠もっている住民かも知れない」

「小隊長殿の判断を仰ごう」

　連結型指揮通信車両〝ベス〟＆〝ジョー〟の指揮通信コンソールで、小隊長の姜彩夏三佐は、台中を飛び立った一群に注意を払っていた。

「ちょっと待って、ボーンズ。今、あの人は仮眠中だから――」

「いちいち、将軍様を起こすようなことではないでしょう。ワンブロック隣のビルまで、送受信ケーブルも延びている。ネットワーク拠点はここです」

「しばらく待機して」

　姜三佐は、隣で腕組みしながら船を漕いでいる台湾陸軍の頼若英《ライルオイン》中佐を起こして、状況を説明した。

「やっと見つかったのですか！　お手柄です。状況からして、立て籠もった地元民とは思えませんね。制圧作戦を立てていると時間を食います。空軍に仕事させましょう。待機していますから。ちょっと難しいかしらねぇ……」

「制御崩壊なら、行けると思います。今は、コンピュータが勝手に計算してくれるそうですから」

　ＪＤＡＭ二発を搭載して中央山脈東側を旋回していたＦ‐16Ｖ戦闘機一機が飛んで来た。

　その時、新竹上陸部隊でドローン部隊をコントロールしていた董《ドン》三兄弟は、全員夢の中にあった。ＤＪＩより会社を大きくすることを夢見て、三人の仲の良い、実際には血縁関係はないが、周囲から董三兄弟と呼ばれている天才青年三人は、持ち込んだソファでめいめい夢の中にあった。

　突入角度、爆発ポイント、降下率等全てを計算されたＪＤＡＭ自由滑空爆弾は、抱えていた弾頭重量九〇〇キロのＭＫ84爆弾一発を、そのペンシル・ビルの任意の場所で爆発させた。

　ビル内にめり込んでから爆発した爆弾は、制御崩壊という現象を起こし、隣り合うビルに一切の損害を与えることなく、垂直に崩れ落ちた。三人の若者たちと、彼を支援していた部隊全員が、その瓦礫の中で圧縮された。一瞬の出来事だった。

〝ベス〟の車内で、頼と姜は、ドローンでその様子を見守った。

「台中のホバーバイク、脱出したんですか？」

「ええ。気付くのが遅かったけれど、警報は出してあります」

台中を包囲した第10軍団は、まだ解放に至ってはいなかった。日中の雨でそれどころではなかったことが原因で、明日の朝から掃討作戦の開始が予告されていた。

自作ホバーバイクを開発中の胡源《フーユアン》氏は、聴音センサーも開発していた。ホバーバイクが接近すると、人間の耳より素早くそれをキャッチすることが出来た。

桃園空港南の新街渓《シンジエシー》の河川敷で待機していた胡は、南からホバーバイクの編隊が接近してくると、胴体下パイロンに四発のスティンガー・ミサイルを装備した愛機、〝ナイトスピア〟を発進させた。解放軍のそれが全機横切ったとわかったところで、軍から借りたフルフェイスの照準兼暗視ゴーグルを装着して離陸した。

あちらは基本、地面効果内で飛ぶ仕様だが、こっちは四〇〇〇メートルの玉山山頂でホバリングできる性能を持つ。

速度を上げてホバー編隊の背後に付き、胡は、正確に一発ずつミサイルを発射した。

「ノーザンベアの仇だ！　喰らえ！――」と念じながら。

その爆発に気付いた戦闘ヘリがいた。

藍《ラン》大尉は、陸軍総司令部隣の龍潭《ロンタン》基地で燃料補給を受けたばかりだった。

「私たちがスティンガーを持っていないのに、どうして民間人が持っているんでしょうね」

とぼやきながら、ホバーバイク隊の後を追い掛けた。30ミリ・チェーンガンを使って四機叩き墜したが、それが限界だった。それ以上接近すると、地上からミサイルを撃たれる恐れがあった。

だが、地上には、彼らを迎え撃つ部隊がいた。独立愚連隊が、下から軽機関銃を撃ちまくってくる。サーモバリック弾を撃たせまいと猛烈に撃ってきた。

部隊を率いる《第7空中機動旅団》の傅柏霖《フーバイリン》中佐は、いったん直接攻撃は諦め、高度を落として地面すれすれを飛び、工場街へと避難した。

すると、地上に降りる寸前、海側から北上して来る戦車部隊が見えた。脱出は無理かと思ったが、押されている戦場からの脱出に成功したのは自分たちだけでは無かったのだ。

姚《ヤオ》提督は、新竹からの戦車部隊の増援とホバーバイク隊到着の報せを聞くと「よしっ！　よしっ！」と何度もガッツポーズを取った。

三〇〇メートルほどの草むらを挟んで敵と対峙している。幅はせいぜい二キロだ。ここさえ突破すれば、空港敷地まで遮るものはない。

敵と交錯すれば、迫撃砲を撃たれる心配もないだろう。一気に仕掛けるべき瞬間だった。

彼らはもはや指揮所は捨て、廃屋と廃屋の隙間の路地裏で作戦会議を開いていた。

「雷炎《レイイエン》！　ホバーバイク隊のサーモバリック弾を南側の敵にお見舞いしようと思うがどうか？」

「あんな非人道兵器、本気で使うつもりですか？」

「濁水渓で使って敵を震え上がらせた。それで良いじゃないか。審判は歴史に任せるさ。で、敵を恐怖と衝撃で怯ませた隙に、残った戦車を連れて、一気にこの草むらを突破して絶対防衛線を突破する。兵隊は減ったが、行けるぞ！　まだケルベロスもいる」

「頑張って下さい！　自分は、ここで見守っていますから」

「たまには銃でも持ったらどうだ？」

と万《ワン》参謀長が言った。

「自分がそんな物騒なものを持ったら、後ろから皆さんを誤射するだけですよ。たぶんみんなが、誤射だったと納得してくれるはずです」

「そうだな。だが、ちゃんと付いて来い！――」

それが、解放軍の最後の総攻撃だった。

海兵隊一個大隊を率いる陳智偉《チェンヂーウェイ》大佐は、ドローンが送って遣す映像を見て絶句した。

「いったい、新竹からのルートは、誰が監視していたんだ！　なんで戦車の移動に気付かない！」

台数は知れている、ほんの十両がそこいらだった。

「でも、自衛隊部隊もこっそり移動しましたからね。この暗い中……」

作戦参謀の黄俊男《ホアンジュンナン》中佐が言った。

「自衛隊の戦車はもつのか……。数で負けているぞ」

王一傑《ワンイージェ》少尉は、半日振りに小隊の仲間と再会していたが、状況は厳しかった。

自衛隊の歩兵と一緒に、小川の手前に陣取っていたが、戦車が越えられない幅ではない。歩兵がちょっと足を取られるという程度だ。その向こう三〇〇メートルは草むらだが、敵は何本か地雷啓開に成功していた。

小川の土手に生える木立の隙間から向こうを監

視していた。

「曹長は、台北101のイベントは見たの？」

「われわれは陣地に籠もっていましたからねぇ。見えた連中はいたらしいですが、まさか少尉殿は目撃なさったのですか？」

王はその経緯を劉金龍《リウジンロン》曹長に語って聞かせた。

「若い娘さんと肩を並べてでありますか？」

「別に肩を並べたわけじゃないけどさ。あの人、変なんだよね。山ほどの秘密を抱えていそうで。少佐殿は明らかに情報部の人間だし。日本が特殊部隊を使ってでも救出しなきゃならなかった本当の理由は何なのか……」

突然、ヴィーンというローター音がして、サーモバリック弾が飛んできた。南側に着弾し、ボール状の巨大な火の玉を生み出した。

「衝撃波、くるぞ！——」

と少尉は、地面に伏せた。衝撃波もだが、熱風も凄まじかった。こんなものを二発、三発撃たれては堪らないと思った。

「続いて戦車くるぞ！　正面だ——」

敵戦車は、地雷を踏まないことに賭けて、草むらを突っ走って来た。

それを、ほぼ真横から、自衛隊の戦車砲が貫く。

舟木は、10式戦車の中で、前へ前へと出てくる敵戦車の群れを見ていた。こちらは対戦車火器が減っていた。あとは戦車隊が相手をするしかないのだ。

なんとしても止めてやる！　自分一人でも止めてやる！　と思った。

敵戦車が正面へと砲撃を開始する。遂に99式A戦車が前に出て来た。

「撃て！　撃て！——」

また横腹を貫いて擱座させる。だが、前方で命中弾を浴びた味方陣地が吹き飛んでいた。

「山さん、俺が囮になる。撃ちまくれ！」

と山崎三佐に無線で呼びかけた。

「無茶です、一〇五ミリ砲でＭＢＴの装甲は抜けない！」

「大丈夫だ。しつこく撃ちまくれ。装輪じゃ、この草むらは走れないぞ。足を取られる」

舟木は、自分の戦車を一気に前に出した。地雷原の手前まで行ってやる！　そこで囮になれば……。

第八章　核の脅し

シンガポールの《インターポール・反テロ調整室《RTCN》》の面々は、淀んだ空気の米大使館会議室で、ＲＴＣＮ次長メアリー・キスリング女史が戻って来るのを待っていた。

三〇分以上も彼女は席を外していた。

彼女は戻ってきて上座に座り、三枚のペーパーをテーブルに広げ、一枚一枚、慎重に読み上げた。

「まず、北海艦隊は全滅しました。無事な艦は一隻も無いとの報告です。必要なら、衛星写真をリクエストします。乗組員一万名前後が、海の藻屑となったはずです。

第二に、中国大陸の何カ所かの戦略ロケット軍基地で動きが認められ、合衆国大統領は、先ほど、貴国政府より、これ以上の介入は看過できない、しかるべき手段に訴えるとの最後通牒を受け取り、大統領は、いかなる脅しにも屈するつもりはない、とその場で応じたそうです。

最後のペーパーです。これは、それぞれの座標ね。現在、フィリピン海には、空母〝ロナルド・レーガン〟、〝ジョージ・ワシントン〟、〝カール・ヴィンソン〟の三隻の第七艦隊所属の原子力空母が集結済みです。そして南シナ海には、オーストラリアの空母〝キャンベラ〟、イギリス海軍の〝クイーン・エリザベス2世〟が展開中です。当然、軍は知っていると思うけれど、念のために座標を教えて置きます。例の空母攻撃用弾道弾ミサイルの照準に使えるほど正確な位置情報かどうかは知らないけれど。これらの空母は、四〇〇機以上の作戦用航空機を搭載し、その戦闘力は、今現在台湾周辺に展開している日米台湾の航空戦力以上に強力である……、と。

良いですか？　ここが一番肝心な所ね、合衆国大統領の声明です。

『もし、中国が、この地球上のどこかで、核兵器を爆発させるようなら、そこが洋上だろうと、自国領土内だろうと、われわれはこれを世界平和への挑戦と見なし、断固として反撃する。海南島の中国海軍基地を更地にし、現在湾奥に引き込んでいる、三隻の空母、そして空母建造中の造船所を完全に破壊する。それが可能なことは先日アピールした。貴国が賢明なる選択をし、今後とも世界平和に貢献することを期待する』

この最後のペーパーをウェンロン、貴方にあげるわ。外に待機している秘書に渡して、すぐ中南海に報告するよう命じて下さい」

キスリング女史は、いつものような高飛車な雰囲気はなく、あくまでも事務的にペーパーを読み上げ、最後の一枚をＲＴＣＮ代表統括官の許文《シュウエン》龍《ロン》警視正に手渡した。

許は、硬い表情でそれを一瞥すると、すぐ部屋を出て廊下で待機する秘書官に手渡し、戻ってきた。ただし、戻ってくるまで五分近くを要した。

「君たちは間違っている……。われわれはロシアとは違う。国力も生産力も世界一の超大国だ。今日、台湾を諦めたとしても、五年、あるいは一〇年後、また同じことをするだけだ。軍艦なんて、五年もあれば建造できる。国中の造船所を総動員して、空母を量産することだろう。軍人は、放っておいても子供は生まれてくる。五年もあれば、軍隊は再建できる。

　貴方がたはどうだ？　ロシアがウクライナに侵攻した後、西側の武器庫は空になった。どれだけアメリカや日本、ヨーロッパが必死になろうが、西側社会が総力を結集しても、中国の武器生産力を上回ることはない。こんな抵抗は無意味だ。たとえ今日、白旗を掲げるのが解放軍だったとしても、最終的に勝利するのはわれわれだ……。どんなに遅くとも、われわれは十年後、再び台湾奪還の戦争を始めていることだろう」

「許《シュ》さん、この三週間、貴方の仕事ぶりは素晴らしかった……」

　西園寺が、穏やかに口を開いた。

「貴方はその功績が認められ、中南海に戻り、また出世の階段を着実に上り続けることでしょう。十年後の貴方は、弁公室長か、いずれにせよ、党の要職を担っていることでしょう。十年後、解放軍はさらに強靱に再建されていることでしょう。それは疑う余地はない。西側はもう疲れ切っている。疲弊し、分断され、中国の脅威に備えている余裕は無い。

　十年後、中国が再び、野心をむき出しにし、行動を起こす日が来るとしたら、貴方はその意志決定過程のどこかに関わることになる。だからぜひ、記憶して欲しいのです。今日、今、貴方が感じていることを。貴方は、この瞬間を、人民の恥辱として記憶するだろうか？　それとも、中国という大国と人民を、全面核戦争の恐怖から救った輝かしい日として記憶するのか？　それが問われている」

　許は、無言のまま十秒ほど言葉を選んだ。

「少し、中座させてもらいます。大使館へ行って、もろもろ協議してきますので」

許が出て行くと、キスリング女史は、「彼ら、本気で核を使うかしら……」と漏らした。

「われわれ日本人は、こういう問題に関しては、ただの脅しだとは思わない」

と西園寺は、隣の柴田警視正を見遣った。柴田が真剣な顔で頷く。

「少なくとも、使わないと判断する理由はありませんね」

と柴田が言った。

「彼、本当に出世するかしら？」

「そうでないと困ります。難民支援、紛争仲介、中国にやってもらいたい仕事は山ほどある。せっかく得られた人脈ですからね。出世してもらわないと……」

西園寺は全くの真顔で言った。その前に、何としても核戦争を止めてもらう必要があったが……。


田口と比嘉は、巨大倉庫の屋根に登っていた。そこが一番見晴らしが利く。周囲に、護衛の愚連隊兵士も登っていた。

ホバーバイクがこの辺りに潜んでいる。サーモバリック弾の数は限られるはずだが、すでに四本も撃たれていた。絶対防衛線南側に布陣した味方は潰滅状態と思われた。キドセンが何両も燃え上がっていた。

田口は、軽機を足下に置いて、比嘉に肩を貸していた。比嘉は今は、ＧＭ６リンクス、対物狙撃ライフルを持っている。銃身を田口の右肩に置いていた。

「こんな場面、スパイ映画でしか見たことないよな……」

と愚連隊の賀翔《ホーシァン》一等兵が声を上げた。

「これ、煩いから耳栓しとけよ！」と比嘉が注意する。

近くで、ローターが回る音がする。「8時方向です！」と崔超《ツイチャオ》二等兵が報告する。

比嘉が微かに姿勢を変えて引き金に指を宛がった。ホバーバイクが見えた瞬間に引き金を引くと、何かがショートしたようにバイクはその場でバランスを崩して墜落した。高度は二〇メートル近く。あれではパイロットは助からないだろう。

「やっぱ、弾幕より一発の対物狙撃ライフルだな！」

比嘉はそうやって三機を撃墜した。やがて、〝メグ〟が移動してきて、スターストリーク・ミサイルを発射し始めた。それで残る三機を叩き墜した。それ以上、サーモバリック弾の被害は無かった。

山崎三佐は、右手に擱座した10式を見ながら、草むらの中へと分け入った。すでに地雷原だった。ほぼ勝ち目の無い解放軍の99式A戦車と対峙して一〇五ミリ・ライフル砲を撃ちまくった。

全く勝ち目は無かったが、一瞬、敵の動きを止めることは出来た。その隙に、遠く離れた場所から、10式が装弾筒付翼安定徹甲弾《APFSDS》を打ち込んで撃破してくれる。つまり、キドセンが囮となって敵戦車を惹き付けたところを、遠くから10式が撃破するパターンだ。それで数を減らすことが出来た。だが、そこまでだった。地雷を踏み抜き、タイヤが吹き飛んだ。

どうにかそこから後退はしたが、真っ直ぐ走れる状況ではなかった。

車両を放棄し、搭乗員に脱出を命じて下がり始めた。敵の歩兵が、擱座した戦車を盾にして、津波のように押し寄せてくる。ケルベロスを背負っている兵士もいてぞっとする光景だった。

王一傑《ワンイージェ》少尉は、91式アサルトを構えて、土手の上に右足を載せた。

「少尉殿、ポージングなんかして、写真でも撮って欲しいですか？」

楊志明《ヤンヂーミン》上等兵が冗談めかして言った。上等兵は土手の内側に身を潜めていた。

「良いね！　それ。来た、見た、勝った！——、とは行かなかったな」

「インテリってのはこれだから。白兵戦に備えて下さい。死ぬには早すぎる。まだ五分は戦えますよ！」

「僕は学徒士官だから、ナイフ・コンバットとか知らないんだよ」

「物騒なことを言うのね……」

と背後から見知らぬ女性が近付いて来た。

「ここは危険だから下がって下さい！　というか走って！」

と王少尉が来るな！　と制した。自衛隊の戦闘服らしいが、見掛けない格好だった。いや、見た！　例の部隊だ。

「ええと、例の特殊部隊の関係者ですか？」

「それ知らない。私、ただの通訳のおばさんです」

通訳は変な連中ばかりだ……。

「あんたたち、アイアン・フォースでしょう？　なら諦めずに生き残る気で戦いなさい。私はちょっと、運動しに来ただけですから」

司馬は、ホルスターからバヨネットを抜いて右手に構えた。

噂が流れていた。濁水渓の戦いで、幽霊のような老婆が現れて、風のように走り回り、たちまち敵兵士を切り裂いて去って行ったと……。陸軍の兵士らは、それを〝ゴースト〟と命名していた。

「ご、ゴースト！……」

「まだ殺さないでよね。はい、少尉。七時方向、一斉射したらそこから下がって。味方が軽機で一掃するから」

敵はすぐそこまで迫っていた。

桃園空港管制塔の屋根には、航空自衛隊の若瀬直樹一曹が踏み留まっていた。早く帰国したかった。四〇歳になってやっと子供に恵まれた。それで一日風呂に入れてやるのが楽しみだった。毎晩、一日の疲れが吹き飛ぶ。あばら屋みたいな官舎で、親子三人川の字になって寝て、それが自分のささやかな幸せだと満足していた。

アメリカ軍から提供された最新鋭のレーザー・デジグネーターは、ターゲットを複数箇所設定することが出来た。

管制塔自体は、銃撃を受けてボロボロだった。だが、銃撃だけなので、建て直さず修理だけで再利用できるだろう。

戦場は、ここから北西へ二キロだ。良く見えている。敵の兵士が殺到している三箇所を選定し、まず戦闘機に対して爆撃準備の指令を送った。相手機から返事が来ると、レーザー・デジグネーターを起動した。

レーザーＪＤＡＭは、どこからともなく音も無く飛来した。三箇所に落下して、周囲を走っていた歩兵を文字通りミンチにした。

爆煙が収まると、若瀬は、次の爆撃位置を定めて、実行した。味方の最前線のすぐ前方で爆弾が炸裂する。だが、誤射の可能性はない。その辺りは、迫撃砲よりましだった。

司馬一佐は、結局、出番は無かった。ただ大量の土くれを頭から被ったまま〝メグ〟に戻る羽目になった。

空港ターミナルでは、ほぼ全員が地階への避難を強いられていた。夜明けが近づいているはずだが実感が無かった。もうこの状態が何日続いているのかもわからない。

記憶の糸を辿ってみると、たぶん台北からこの街に向かって四日目か五日目のような気がしていた。

小町は、床に敷いた二枚重ねの段ボールで横になっていたが、とても眠れる状態では無かった。戦車砲の殴り合いはもとより、明らかに爆弾とわかるものが落ちてきた時には、大人も子供も悲鳴を上げて震え上がった。男たちは全員、銃を持たされて上に待機していた。霜山に至っては手榴弾要員としてカウントされていた。

その内、大人たちというか、爺さん連中が起き上がって、避難場所を代えようという話が始まった。線路は冠水しているが、途中までなら歩けないほどではない。トンネルの天井はそれなりに頑丈だろうから、今は防空壕として利用すべきだという結論になった。

全員が起きて、改札へと移動した。そこは非常灯の明かりすらない暗闇で、小町らがマグライトを持って先導した。

そこで何時間耐えることになるのかわからないので、子供たちはぶつぶつ言っていた。水の中に浸かるのはもううんざりだった。

銃を持った郷土防衛隊の年寄りが、俺たちゃもう良いから……、と線路に降りるのを嫌がった。

知念がその水の中に降りて、「底が見えないほど汚いわね。台湾て、ワニはいないんだっけ?」と聞いてくるので、小町が子供たちに尋ねた。

「野生のワニはいないよ。時々、ペットとして飼っていたらしいのが見つかって騒動になるけど」

と高《ガオ》少年が言った。

続いて引率教師の呂宇《ルーイー》先生が降りた。

「深さはしれているけれど、これ恐ろしく不衛生ですよ。止めた方がいいと思う」

トンネルの向こうからジャブジャブジャブと足音が聞こえてくる。誰かが戻ってくる様子だった。知念は、足下を照らしてやろうとゆっくりとマグライトを向けたが、誰もいなかった。

あれっ？　と思った瞬間、誰かが「ケルベロスだ！」と叫んだ。水面から胴体がぬーと出ていた。

とたんに阿鼻叫喚の地獄と化した。

ジジイどもがM‐16にマガジンを突っ込もうとするが、その前にケルベロスは線路から撃ってきた。また悲鳴が沸き起こる。

小町は、どうすることも出来ずにその場に伏せた。呂先生が線路から上がろうとするが、ケルベロスに撃たれて転がった。

「こいつ！　銃を持ってなくても撃ってくるぞ！」

とまたパニックになった。知念が登ってこようと足掻いていたが、この体型ではとても無理だろう。誰かが引っ張り上げるにしても一人では無理だ。

「知念さん！　水よ、水！　水の中に伏せるのよ！」

と小町は叫んだ。

「健祐！　こいつは何を見ているんだ？　どこで撃つ撃たないを判断しているんだ？」

高も健祐も、ホームに伏せるしかなかった。

わからない！　いったい撃つ撃たないの条件は何だ？……。

知念が水の中に伏せて静かに仰向けになった。口だけ水面に出す。

高文迪《ウェンディ》は、ジジイが放り出した銃を取ろうと匍匐前進した。

「止めろ！　ウェンディ。一挺二挺では無理だ！」

だが、そうだ……。敵は段差の深い線路上から撃っている。何か手はあるはずだ。

高が銃を手に取り、マガジンを確認した。

「もう一挺どこかにないのか？」

「銃を放せ！　ウェンディ。こいつのアルゴリズムがさっぱりわからん。迂闊に動くな！」

だが、高は、膝立ちで起き上がって引き金を引いた。ロボット犬は、首から上だけがホームに出ている。つまり今は、銃口はホームの下だ。健祐も一瞬、良いアイディアだと思った。だが、伏兵がいた。二頭目が、トンネルから出て来た。脚を真っ直ぐ伸ばして上体を起こし、ウェンディを狙って撃った。

ウェンディが弾かれたように吹っ飛んで倒れた。

「この野郎！――」

だが、身動き出来る状態では無かった。信じられないことに、先頭のケルベロスが、前足をホームに引っかけて登ってこようとしていた。

突然、知念が起き上がって、背後からケルベロスに襲いかかって抱きついた。それをもう一頭のケルベロスが、仲間ごと撃った。乱射した。ケルベロスが動きを止めるまで乱射した。

健祐は、助けようと立ち上がったが、小町が「来ちゃ駄目！」と叫ぶ。

駄目だ。アルゴリズムがわからなきゃどうする？　どうすれば良いんだ！　考えろ、健祐！

ウェンディの身体から鮮血が床に拡がってくる。

健祐は、ホームに両膝を突くと、咄嗟に右手を挙げた。頭の高さに右手を挙げると大きなジェスチャーで拳を作り、「站住《ジャンジュー》！　站住！――」と北京語で叫んだ。

止まれ！　止まれ！――。

ケルベロスは、一瞬首を下げた。そして、犬がお座りをするかのように、脚を折り、首を後ろへと畳んでスリープ・モードへと移行した。

健祐は、一瞬、その場にへなへなと座り込んだ。

小町が立ち上がって、ウェンディに駆けよる。

「早く！　軍医とメディックを！　どこかフードコートに救急箱があったから急いで！」

修羅場だった。一階から兵隊がわらわらと降りてくる。まずは二台のケルベロスを確保してから、負傷者の手当だ。だが、助かった者と、救えなかった命があった。


夜明けと同時に、全ての戦場で、停戦が発効した。知念ひとみと、呂先生は助からなかった。呂先生は、一発が致命傷になった。知念ひとみは、一〇発近く喰らってもしばらく意識はあったが、原田が駆けつけた時には、もう亡くなっていた。

原田は、危うい所でウェンディ少年を救うことは出来た。損傷した動脈をクリップし、その場で直ちに生徒達からの輸血を開始した。

健祐少年の報告は衝撃的だった。とっさに、アクション映画に良く出てくる場面を思い付いたと。兵隊が戦場を移動中に、何かの気配に気付いて部隊を止める時、拳を作って合図する。「止まれ！」だけではみんな誰でも口にするだろうから、軍隊で同士撃ちを防ぐ簡単なジェスチャーはこれだろうと思い付いたと。

まるでスパコン並の頭の回転だと思った。そんなことをこんな状況下で一瞬で思い付くなんて……。

小町は、コンビニ・スタッフ全員で、知念ひとみの亡骸を地上階に上げた。しばらくコンビニの前に遺体を置いて、呆然としていた。

あの日のことを思い出した。まだ見つからない姉弟の身を案じながら、父と母の身体を拭いてやったことを。

みんなに綺麗なタオルを用意させて、知念の身体を拭いてやった。そして最後に、コンビニの上着を着せてやった。その頃にはもう太陽が上がっていたが、小町は気付かなかった。

海兵隊アイアン・フォースの陳智偉《チェンヂーウェイ》大佐は、戦闘服の身なりを正して、姚《ヤオ》提督の前に歩み出た。提督らは、その小川の藪の中に座り込んでいた。

捕虜というわけではないが、銃を持った海兵隊員に囲まれていた。

「姚提督、やっとお目に掛かれましたな！　光栄です」

「済まん。座ったままで失礼するよ。体力がもう無くてね」

「構いませんとも。今すぐ、何か栄養ゼリーでもお持ちします。それから雷炎《レイイエン》大佐！　こんな所で再会する羽目になりましたが、ご無事で何よりです！」

「本心から言ってますか？」と雷炎は力なく笑った。

「もちろんですよ。貴方の戦術にはきりきり舞いさせられたが」

「何を仰います。あの温泉地では、自分らの脱出をわざと見逃したくせに」

「どうかそれは黙っていて下さい。軍法会議になりますから」

「われわれは捕虜なんでしょうな？」

「いえ、彼らが銃を持っているのは、郷土防衛隊とかの連中が、殺気だって乱射することを防ぐためです」

「では、台北観光とかさせてもらえますか？　辿り着けなかった台北１０１とか、故宮博物院とか？」

「もちろんですよ！　大佐のためなら、最高の学芸員を案内に手配します」

水機団本隊を連れて現れた土門陸将補は、即機連の堤一佐らに案内されて、草むらのなかに擱座した10式戦車に近づいた。

車両はまだ熱気を持っていた。

草むらの担架に、搭乗員の遺体が並べられている。すでにボディバッグに収められていたが、肉が焦げる強烈な臭いが漂っていた。

機動戦闘車中隊長の山崎薫三佐が、舟木一佐の遺体袋を指し示した。

「八面六臂、疾風怒濤の戦いぶりでした！　時に囮役として飛び出し、時に敵の主力戦車と正面から撃ち合い……」

「損害は？」

「はい、撃破された10式は、隊長車のみです。キドセンは六両が損失。六名が戦死。ただし、サーモバリック弾に殺られた奴は、外が焼けただけで乗員は無事でした。陸将補！　戦車は、有効でありました！　戦車なくして、この戦場は支えられませんでした」

「ああ、わかっている……」

土門は、その舟木の横に膝を突いた。そして呼びかけた。

「舟木さん！　いかにもあんたらしい最期だ。あんたが撮りためた動画、私が財務省に持って行って、必ず官僚に届けるよ。約束だ！」

土門は、草むらを出て路上に戻った。

頼筱喬《ライシャオチャオ》が待っていた。

「ご迷惑をお掛けしました、叔父様」

「全くだよ！　チャオ」と土門は苦笑いした。

「あの人にはばれてないだろうね？」

「はい。まだ怒鳴り込まれてはいないので……」

「一時間でも早く台北に戻って、普段着に着替えて、帰ってくるあの人を出迎える準備を頼むよ。

何喰わぬ顔でね」

「はい。わかりました」

司馬は、〝ベス〟の指揮コンソールで、たまたま現場上空を通り過ぎたドローンの映像を見ていた。

モノクロ映像だが、戦車がまだ熱を持っているせいで、白く輝いている。土門の姿が見えた。

待田が、そこに映っている人間に気付いて、あ、やべ！　とズームアウトしようとした。

「ガル、ちょっとズームしてみせて？」

「戦車ですか？」

「いえ、土門さんの所……」

幸い、土門も、筱喬も背中を見せていた。待田はゆっくりとズームしながら、ドローンを遠ざけようとした。

「顔を見せてくれる？」

「隊長のですか？」

「いえ、そうじゃなくて……」

司馬はじれったくなり、自分でジョイスティックとトラックボールを滑らせた。

ドローンが前に回ると、顔色を変えて「何これ……」と言った。万事休すだった。

「何で彼女がこんな所にいるの？」

「彼女ってどなたですか？」

「チャオよ？　しかもこんな格好までして」

「ああ！　確かにチャオさんですね。通訳とかじゃないですか？　どこも人手不足だから」

「誰が許したのよ！」

たまたま王文雄《ワンウェンション》がハッチを開けて乗り込んで来た。

「事前に相談を受けました。僕が許可しました」

「この子、ずっとここにいたの？」

「それは知りませんが、即機連の指揮所にいたはずです。ご心配なら後で聞いてみますが？」

「貴方ねぇ！――」

と司馬が声を荒げた。

「彼女ももう大人ですよ。父親の血を引いているんですから、周囲があれこれ言ったって聞くわけがないでしょう。諦めて下さい！」

司馬は「信じられない……」と、王ではなく、待田の横顔を睨み付けた。


海上自衛隊・第一潜水隊群そうりゅう型潜水艦十一番艦の〝おうりゅう〟（四二〇〇トン）は、夜明け時、桃園から北西に二〇〇キロ以上離れた大陸沿岸部、三沙《サンシャー》湾入り口に潜んでいた。

異様に浅い海域だが、海水は大陸奥地から運ばれてくる土砂類で黄色く濁っている。四千トンの潜水艦の姿を上空から発見することは難しかった。

〝おうりゅう〟は、この戦争が始まった瞬間から真っ先に巻き込まれた艦だった。オーストラリアでの訓練を終えて帰還途上、東沙島での戦闘に遭遇し、窮地に追い詰められた台湾軍海兵隊部隊を深夜に回収して離脱するという離れ業をやってのけた。

その時には、台湾海軍の潜水艦を守って敵艦を攻撃撃沈し、その後も数隻の解放軍艦艇を沈めていた。自身も攻撃を受けて危うい所だったが、いまだに戦場に踏み留まっていた。それも、中国海軍の庭、内懐《うちぶところ》まで侵入して。

ほんの一瞬上がった潜望鏡を下げた後、第一潜水隊群司令の永守智之《ながもりともゆき》一佐と艦長の生方盾雄《うぶかたたてお》二佐は、モニター上に映し出された一枚の写真を見遣った。

そこには、巨大な正規空母が写っていた。中国初の本格空母、正規空母と言って良い〝福建《フウジエン》〟だった。

「でかいですねぇ……」

「ああ、でかいね。基準排水量で八五〇〇〇トンという話だから、満排水量は一〇万トン近いよね。全長で言うと、米艦隊のフォード級にほんの二〇メートル足りない程度らしいから、まあでかいね」

艦上に戦闘機の姿はなく、動いているようも見えない。錨こそ降ろしていないが、ほぼ漂流状態に見えた。無線傍受によると、電波も発信していない。無線封止状態で、この巨大な正規空母は湾奥を漂っているのだ。

電磁カタパルトとアングルド・デッキを備えている。米空母とまったく同じ規模の巨大空母だった。

「残念ですね、ここまで接近できて……」

「だがこの写真が、何よりの証拠になる。われわれが、敵の対潜網を突破して、ここまで肉薄できたという証拠になる」

「しかし気が滅入る。中国は五年以内に、このクラスをもう二隻は就役させるんですよ？　そっちはたぶん原子力空母になる」

「日本にはこんな巨大空母を作って維持する財力はもうないが、少なくともこうして接近し、破壊する能力は持っている。それが大事だろう」

生方艦長は、後でこの写真をプリントし、皆で回すよう命じてモニターを消させた。

「では、艦長。今度こそ、われわれも戻るとするか！――」

「はい。そうしましょう。戦争は終わり、つかの間の平和を思う存分楽しまないと」

「そうだな。みんなよくやってくれた――」

〝おうりゅう〟は、東へと針路を取って帰路に就いた。傷つき、沈みかけた北海艦隊の艦船と何隻かすれ違ったが、気付かれることはなかった。

上海──。

上海大学近くの国内安全保衛局のセーフハウスには、二人の人物がいるだけだった。職員はもう数日出て来ていない。まだ誰が生きていて、誰が死んだのか、誰も把握していなかった。

秦卓凡《チィンチュオファン》警部は、何かが窓の朝日を遮ることに気付いて眼が覚めた。窓の外で、ドローンがホバリングしていた。

何だろうと思った。窓を開けると、ドローンが飛び込んできて、ゆっくりと床に着陸し、羽が止まった。コンテナのようなものを提げていた。

ソファで横になる蘇躍《スゥユエ》警視が目を覚まして激しく咳き込んだ。

「もう朝か……。サイレンが聞こえないな。この街は死んだみたいだ」

コンテナを外して荷物の封を切ると、発泡スチロールの箱の中に、何かのアンプルと注射器が入っていた。だが説明書のようなものは何も無い。ただし、許文龍の名前が書かれた紙切れが一枚入っていた。

「警視！　薬です。たぶん、特効薬です！……」

秦も、ゼーゼーと苦しい息をしながら言った。

「そうか。私はもう良い。君が打て……」

「いえ。大丈夫です。ちゃんと二本入っています。注射器も二本。静脈注射でしょうね、これは……」

「君は注射なんて出来るのか？」

「はい。たぶん出来ると思います。昔、ヤク中犯を捕らえた時、取調室で、その手の注射のやり方を、まるで車の運転を自慢するみたいに、滔々と聞かされました。でも、警視、初めてなので、痛みは我慢して下さいね……」

「あいつ、どういう風の吹き回しだろうな……」

秦警部は、のろのろとした作業ながら、アンプルを折って注射した。だが、この街の地獄は続いていた。


東京・世田谷区――。

小町南が暮らすアパートは、前夜から警視庁公安部と、サイレント・コア訓練小隊の面子によって二重三重に包囲監視下に置かれていた。

朝一で、そのアパートの住民全員をまず退去させた。日本は、停戦協定締結、即日発効に沸き返っていた。

陸上自衛隊元一佐の越後屋こと井藤浩《いとうひろし》は、いつものようにハバナハットを被って、小町の部屋のチャイムを鳴らした。

ノックもしたが、相手が出て来ないので、やむなく、新聞受けの蓋を開けて呼びかけた。

「宋《ソン》さん！　宋勤《チン》中佐、ちょっとお話があるんですけどね？　ドアを開けて頂けませんか？」

中でごそごそしてドア・チェーンが掛けられたまま、ドアが細目に開いた。

井藤が帽子を取って挨拶した。

「自分は、井藤と申します。政府顧問です。スパイが専門じゃありませんが。下に車を待たせています。できれば暴力無しに、平和的にご協力頂きたいのだが……」

「わかりました」と宋は日本語で応じた。全ては調べ上げられた後だろう。宋は、覚悟してドアを開けた。

「私物とかありますか？」

「私が持って出る必要はないですよね？」

「そうですね。どうせ家捜しはするし」

階段を降りると、黒塗りのワゴンが止まっていた。宋は、外に出てすぐ、これが国家の威信を掛けた大捕物になっていることに気付いた。車はそのワゴン一台のみ、視界に入る限りの人間は、全員目つきが違った。

「ほら、柊木《ひいらぎ》さん、ドアを蹴破る必要はなかったでしょう？」

「うちは殉職者を出しているんですから……」

車内で待機した柊木尚人《なおと》警視長は不満そうな顔で言った。

井藤は、宋を向かいあった椅子に座らせた。

「さてと、何から話せばいいかな？」

「どうやって私を見付けたのですか？」

「ああ、そりゃもう警察がねぇ、リレー捜査とか、執念で探しましたよ。ただ、その切っ掛けは、捜査上の秘密とご理解下さい。彼らにもプライドはある。戦争が終わったことはご存じですね？」

「はい。ほっとしています」

「ちょっとわれわれもまだ残務整理がいろいろあって、貴方と世間話している余裕はないのだが、まず、貴方には、午後のシンガポール航空特別便で、北京に帰ってもらいます。他の、ベトナム系工作員と共にね。中国の敗色濃厚とみて、皆さん投降してきました。全員乗ってもらいます」

「なぜ？　私は東京タワーの爆破を企み、警官まで撃ち殺したのですよ。殺すつもりはなかったが」

「はい、警察庁としては、内心忸怩たるものがあるでしょう。ねえ、柊木さん」

「取調すら出来ないのは、大いに不満ですな。だが、政府が決めたことには逆らえない」

「それで、戦争は終わりました。われわれは、可及的速やかに、日中関係を修復する必要がある。貴方たちを返すのは、そのためです。日本政府の善意の印と理解して頂きたい。そもそも、スパイの裁判なんてのが連日ニュースになったら、中国への憎悪を煽るだけだ」

宋は、理解したと頷いた。

「で、一つ約束して頂きたい、貴方がリモート授業で北京語を教えていた彼女、小町南さんとは、二度と連絡しないでほしい。メールアドレスも捨てて下さい。彼女は間もなく台湾から帰国するだろうが、貴方がスパイだったことを知ることなくこれから暮らす。いや正直、貴方と彼女が繫がった時は、ひっくり返りましたけどね」

「約束します。彼女には幸せになってほしいです。もちろん、無関係です。何も気付くことなく私に協力していただけです」

「そう。では、話はこれで決着ですね。あ、そうそう。中国ではこういうことは難しいのだが、もし貴方が、表玄関から日本にいらっしゃるとしたら、われわれは歓迎します。日本の理解者は大事にしたい。たとえスパイでもね」

「有り難うございます。でも、仰る通り、中国ではそういうことは難しい。私は、日本の研究から離れることになるでしょうね。皆さんは、二度と私の名前を想い出さずに済むでしょう」

「では、宋さん、お元気で！――」

二人が降りると、屈強な公安捜査官四人が乗り込んできて、ワゴンは発車した。

鑑識を乗せた車が走ってきて止まる。

「この部屋、絶対、彼女に気付かれないように綺麗に後始末して下さいね」

「われわれはプロですから。ところで井藤さん。総理とのご関係、越後屋とお代官様と呼び合うようになった理由を教えて下さると聞いたような……」

「私、そんなこと言った？　まあ、良いじゃないですか。公安部が知らない秘密がこの社会にあるというのは、われわれ一般人にしてみれば愉快なことだ」

井藤は、そう笑うと、走ってきたサイレント・コアのワゴンに乗り込んだ。そして、今度こそ引退しようと決意した。

翌日、戦時内閣として発足した阿相《あそう》政権は、その任を終えたものとし、総辞職した。

エピローグ

　戦争終結から半年後、前総理大臣・阿相士郎《しろう》の姿は、台湾桃園国際空港にあった。台湾総統府総統もその場にいた。

　空港は、完全に復旧していた。

　小町南は、大学卒業後、コンビニの台湾総支社への就職が決まっていた。幹部要員としての現地採用で、日本の学生諸君が聞いたら絶望しそうな額の年俸が約束されていた。

　午前中、この空港を守って戦った人々を讃える銅像の除幕式が開かれた。

　中央に知念ひとみ、後ろには亡くなった二人の引率教師。その三人を守って囲むように、銃を構える少年烈士団が控える。少年兵の一人は、握った拳を掲げ、ケルベロスを足で踏みつけていた。

　全員が、羽田から飛んでくるチャーター機を待っていた。そこには、小町南もいた。司馬も、土門も、単なる観光客として私服姿でそこにいた。

　小町は、久しぶりに会う健祐と世間話が弾んだ。あれから毎月のように台北に飛んでいたが、父親に招かれて家族と食事をしたり、自分の家族が復活したような錯覚を抱くようになった。健祐の友人である高《ガオ》少年の回復はめざましく、一ヶ月後にはサッカーに興じていた。

　頼筱喬《ライシャオチャオ》と王文雄《ワンウェンション》は、仲睦まじく手を繋いで

いた。

　司馬は、その二人の様子を見て「あれ、イラッとするわよね」と土門に愚痴った。

「そうですか？　若い二人が良い関係になって、良いじゃないですか。これが本当の、平和の配当という奴ですよ」

「貴方だって、娘が彼氏を連れてきたら、私の気持ちがわかるわよ」

　チャーター機が到着して、制服を着た修学旅行生たちが到着ゲートから出てくる。知念ひとみの一人娘がそこにいた。

　本来の旅行先は九州一周だったらしいが、桃園市民が寄付を募り、全生徒分のチャーター機費用とホテルを用意したのだった。

　花束を持った総統が、その生徒らを出迎えてセレモニーが開かれた。

　阿相もその中で、皆と記念写真に収まった。ひと仕事やり終えた顔だった。

　外に出て、銅像の前での記念撮影が始まると、阿相は土門の隣でその様子を見守った。

「総理、日本の実力政治家が台湾を訪問して北京はあれこれ言ってこないですかね？」

「知ったことか。俺はもうただの一政治家だ」

「てっきり、政界も引退なさるのかと思っていました」

「まさか。永田町って所はよ、引退だの、選挙で負けるだのした途端に、寝首を掻かれるんだ。引退なんてとんでもねぇぞ。惚けた後も死ぬまで終身議員だ！」

「国会が爺さんだらけになるわけだ」

「しかし、彼ら、独立とか一言も言わないのはなんでだ？　今なら国際社会の強力な後押しが得られるのに」

「そりゃ、何だかんだ言っても、台湾経済は、大陸との付き合いが大きいですからね。独立して、それを失いたくはないでしょう。いくら犠牲を払おうが」

「日本の参戦を決めた俺が言うのも何だが、それで自衛隊の戦死者は浮かばれるのか？」

「戦死者が浮かばれるなんてことはありません。国家がその死をどれだけ顕彰しようがね」

「ところでお前さん、陸幕長とか色気はないか？」

「お断りします。朝から晩までハンコ仕事に下らんセレモニーの連続。考えただけでもぞっとする」

「まあさ、俺や貴様みたいなスペシャリストは、平時は寝てりゃ良いんだよな。国が危うくなりゃ、誰かが起こしに来る」

司会者が、空を見上げるよう促した。旭日旗模様のペイントを施したＡＨ－64Ｅ〝アパッチ・ガーディアン〟戦闘ヘリコプターがフライパスする。藍《ラン》大尉が操縦していた。

そして、続いてど派手な旭日旗模様をペイントした、Ｆ－15ＥＸ〝イーグルⅡ〟戦闘機が、その背中のペイントをアピールするかのように、緩やかに旋回して空港上空を一周した。

今日は、前席に新庄一尉、後席には、総隊司令官の丸山空将を乗せての記念フライトだった。

日台は、防衛協定を結ぶのではないか、という噂が立っていた。

阿相は、今朝の全国紙に、総理を退任後初めてとなる声明文を寄稿していた。ゴースト・ライターはもちろん井藤だったが。


今日、戦争から半年の節目を迎えることが出来ました。台湾の復興はめざましいものがあります。

私たちは、ある日突然、戦争に巻き込まれ、大きな犠牲を払い、今日の平和を勝ち取ることが出来ました。戦争に巻きこまれたと表現する時、そこには、相手となる主体がありまず。現実として、わが国は、いくつかの専制国家と国境を接しています。彼らは、核武装し、それを運ぶ強力なミサイルも持っています。そしてしばしば、彼らに道理は通じず、外交が沈黙することがあります。

残念ながら、われわれは青天井の防衛予算を組むことは叶わず、国家として老成した社会を回すことにも多額の予算を必要とします。

私たちはしかし、国の安寧を守るために、今日も明日も、限られた予算を有効に使い、国民の付託に応えていくことでありましょう。

この日本という国が、そしてアジアが、不安定ながらも、平和を維持することの奇跡を嚙みしめようではありませんか。

〈完〉

登場人物紹介

◆日本

●陸上自衛隊

《特殊部隊サイレント・コア》

土門康平《どもんこうへい》　陸将補。水陸機動団団長。

〈原田小隊〉

原田拓海《はらだたくみ》　一尉。海自生徒隊卒、空自救難隊出身。コードネーム：ユイシャン。

大城雅彦《おおしろまさひこ》　一曹。土門の片腕。コードネーム：キャッスル。

待田晴郎《まちだはるお》　一曹。地図読みのプロ。コードネーム：ガル。

田口芯太《たぐちしんた》　二曹。部隊随一の狙撃手。コードネーム：リザード。

比嘉博実《ひがひろみ》　三曹。田口のスポッター。コードネーム：ヤンバル。

吾妻大樹《あづまだいき》　三曹。山登りが人生。コードネーム：アイガー。

阿比留憲《あびるあきら》　三曹。対馬出身。原田小隊のシギント兵士。コードネーム：ダック。

〈姜小隊〉

姜彩夏《かんあやか》　三佐。元韓国陸軍参謀本部作戦二課。

井伊翔《いいかける》　一曹。部隊のシステム屋。コードネーム：リベット。

姉小路実篤《あねこうじさねあつ》　二曹。父親はロシア関係のビジネス界の大物。コードネーム：ボーンズ。

由良慎司《ゆらしんじ》　三曹。ワイヤー（西部方面普通科連隊）出身の狙撃兵。コードネーム：ニードル。

《水陸機動団》

司馬光《しばひかる》　一佐。水陸機動団教官。コードネーム：女神《ヴィーナス》。

《西部方面特科連隊》

舟木一徹《ふなきいってつ》　一佐。戦車隊隊長。

《第三即応機動連隊》

堤宗道《つつみむねみち》　一佐。連隊長。

長谷部弘《はせべひろし》　三佐。作戦幕僚。

〈第１普通科中隊〉

志村《しむら》巌《いわお》　三佐。隊長。

〈機動戦闘車中隊〉

山崎《やまさき》薫《かおる》　三佐。隊長。

●海上自衛隊

《第一護衛隊群》イージス護衛艦〝まや〟（10250トン）

國島《くにしま》俊治《しゅんじ》　海将補。第一護衛隊群司令。

梅原《うめはら》徳宏《とくひろ》　一佐。首席幕僚。

《第一航空群》

下園《しもぞの》茂喜《しげき》　一佐。首席幕僚。

伊勢崎《いせざき》将《たもつ》　一佐。第一航空群第一航空隊司令。

《第一潜水隊群》そうりゅう型潜水艦十一番艦の〝おうりゅう〟（4200トン）

永守《ながもり》智之《ともゆき》　一佐。第一潜水隊群司令。

生方《うぶかた》盾雄《たてお》　二佐。〝おうりゅう〟艦長。

●航空自衛隊

《総隊司令部》

丸山《まるやま》琢己《たくみ》　空将。航空総隊司令官。

羽布《はぶ》峯光《みねみつ》　一佐。総隊司令部運用課別班班長。

喜多川《きたがわ》・キャサリン・瑛子《えいこ》　二佐。情報幹部。横田出身で、米軍との太いパイプを持つ。

・第三〇七臨時飛行隊

日高《ひだか》正章《まさあき》　空自二佐。飛行隊隊長。

新庄《しんじょう》藍《あい》　一尉。Ｆ−15ＥＸ〝イーグルⅡ〟戦闘機で驚異的なキル・スコアを上げる。ＴＡＣネーム：ウィッチ。

・第六〇二飛行隊

内村《うちむら》泰治《たいじ》　三佐。飛行隊副隊長。

・第三〇八飛行隊

宮瀬《みやせ》茜《あかね》　一尉。Ｆ−35Ｂ部隊。紅一点のパイロット。ＴＡＣネーム：コアラ。

〈警戒航空団〉

戸河《とがわ》啓子《けいこ》　空自二佐。飛行警戒管制群副司令。ウイングマークをもつ。

〈前線航空管制チーム《FAC》〉
若瀬直樹《わかせなおき》　空自一曹。一昨年長男が産まれたばかり。

●内閣
阿相士郎《あそうしろう》　総理大臣。

●警察庁
柊木尚人《ひいらぎなおと》　警視長。関東管区警察局・サイバー局参与。

●国連
西園寺照實《さいおんじてるみ》　国連難民高等弁務官事務所《UNHCR》の上級顧問、兼、日本政府特命全権大使。

●コンビニ支援部隊
小町南《こまちみなみ》　女子大生。中国語を勉強中のコンビニのアルバイト。
霜山悠輔《しもやまゆうすけ》　桜会のコンビニの助っ人。190センチ近い大男。
知念《ちねん》ひとみ　石垣島出身で流ちょうな英語を話せる。
田中太志《たなかふとし》　元陸自一曹。八王子センター営業班員。
成 五岳《チェンウーユエ》　台湾総支社長。日本の大学を卒業後、日本で入社。

●その他
井藤浩《いとうひろし》　元陸上自衛隊一佐。陸自サイバー戦部隊初代隊長。

◆アメリカ

●空軍
エルシー・チャン　少佐。ハワイ州空軍パイロット・中国系。

◆中国

●陸軍
《第７空中機動旅団》
傅柏霖《フーバイリン》　中佐。一個中隊を率いる。ヘリパイ上がり。

〈ドローン部隊〉
董衍《ドンイェン》　ドローンの設計が得意で航空工学の修士号をもつ。
董慶磊《ドンチンレイ》　プログラミングが得意。
董賽飛《ドンサイフェイ》　工作が得意で、フィギュアの原型製作が趣味。
〈蛟竜《ジャオロン》突撃隊〉
宋勤《ソンチン》　中佐。北京大学日本研究センターの元研究員で、小町南のオンライン中国語レッスンの相手。日本に潜入して工作活動に従事。

●海軍

《南海艦隊》
・駆逐艦“西安《シーアン》”（7500 トン）
銭語堂《チィエンユイタン》　大佐。艦長。銭国慶とは従兄弟とされるが、実は兄弟。
・フリゲイト“南通”（4050 トン）
銭国慶《チィエンクゥオチィン》　中佐。艦長。銭語堂の弟。
《東海艦隊》
・潜水艦“遠征 75”　キロ級通常動力型潜水艦の 12 番鑑（4000 トン）
鉄義和《ティエイーホー》　海軍中佐。艦長。
・ＫＪ－600（空警－600）
浩菲《ハオフェイ》　海軍中佐。空警－600 のシステムを開発。
葉凡《イェファン》　海軍少佐。空警－600 機長。
・Ｊ － 35 部隊
火子介《フオツージエ》　海軍中佐。テスト・パイロット。
・Ｙ－９Ｘ哨戒機
鍾桂蘭《チォンクイラン》　海軍少佐。ＡＥＳＡレーダーの専門家。
《第 164 海軍陸戦兵旅団》
姚彦《ヤオイェン》　海軍少将。第 164 海軍陸戦兵旅団を率いる。
万仰東《ワンヤントン》　大佐。旅団参謀長。
雷炎《レイイェン》　大佐。旅団作戦参謀。天才軍略家の異名を持つ。
戴一智《タイイーチィ》　中佐。旅団情報参謀。
程帥《チェンシュアイ》　中尉。技術将校兼雷炎大佐副官。

●国内安全保衛局

秦卓凡《チィンチゥオファン》　二級警督（警部）。
蘇躍《スゥユエ》　警視。ウルムチ支局から上海に戻り、バイオテロの捜査に従事。

●上海国際警備公司《S.I.S》
王凱《ワンカイ》　陸軍中佐。隊長。
火駿《フオジン》　少佐。副隊長。

◆台湾

●陸軍

《第10軍団》
頼若英《ライルオイン》　陸軍中佐。作戦参謀次長。
《陸軍第601航空旅団》＝別名〈龍城《ロンチャン》部隊〉
藍志玲《ランチーリン》　大尉。ＡＨ－64Ｅパイロット。コールサイン：マリリン。
田子瑜《ティエンズーユイ》　少尉。射撃手。
〈前線航空管制チーム《F A C》〉
潘英明《パンインミン》　陸軍中尉。日本語が堪能。

●海軍

《第168艦隊》
鄭英豪《ジェンインハオ》　海軍大佐。艦隊司令。管轄は蘇澳。
・沱江《トゥオジアン》級コルベット三番艦〝富江《フウジアン》〟（685トン）
頼国輝《ライグオフイ》　中佐。艦長。海軍作戦本部参謀補佐。代々海軍の家系で、父は著名な海軍提督、姉は頼若英中佐。
莫立軍《モーリージン》　少佐。副長。

●台湾軍海兵隊

《第99旅団》＝〈鐵軍部隊《アイアン・フォース》〉の愛称をもつ
陳智偉《チェンヂーウェイ》　海兵隊大佐。一個大隊を指揮する。
黄俊男《ホァンジュンナン》　中佐。作戦参謀。大隊副隊長。フロッグマン部隊出身。
王一傑《ワンイージェ》　少尉。台湾大学卒のエリート。予備役将校訓練課程出身。
楊志明《ヤンヂーミン》　上等兵。コードネーム：アーティスト。

●独立愚連隊

賀翔《ホーシァン》　二等兵。コードネーム：ドレッサー。
崔超《ツイチャオ》　二等兵。コードネーム：ワーステッド。
孟迅《モンシン》　二等兵。駆け出しの役者。

●その他

王文雄《ワンウェンション》　海兵隊少佐。台日親善協会と国民党の対外宣伝部次長。

頼筱喬《ライシャオチャオ》　陸軍臨時少尉。徴兵に志願。故頼龍雲《ライロンユン》陸軍中将の一人娘。

胡源《フーユアン》　自動車整備工場経営者。

范晴晴《ファンチンチン》　台湾・桃園のコンビニ店店長兼本部幹部社員。

〈桃園の郷土防衛隊〉

李冠生《リーグワンション》　陸軍予備役少将。金門《ジンメン》の烈嶼《リエユー》守備大隊の指揮官を歴任。

〈国土防衛少年烈士団〉

依田健祐《よだけんすけ》　父親は日本台湾交流協会参与。私立中学校（国民中学）の生徒。

高文迪《ガオウェンディ》　依田健祐の親友。外科医の父を持ち、クラスのリーダー格。

呂宇《ルーイー》　私立中学校（国民中学）の数学教師。

◆シンガポール

ＩＣＰＯ国際刑事警察機構の特別部門《インターポール・反テロ調整室《ＲＴＣＮ》》

許文龍《シュウェンロン》　警視正。ＲＴＣＮ代表統括官。

メアリー・キスリング　女史。ＲＴＣＮの次長。

柴田幸男《しばたゆきお》　警視正。警察庁から派遣されている。

朴机浩《パクボムホ》　警視。韓国警察から派遣されている。

マリア・ジョンソン　英国対外秘密情報部ＭＩ６極東統括官。大君主《オーバーロード》。

ご感想・ご意見は
下記中央公論新社住所、または
e-mail：cnovels@chuko.co.jpまで
お送りください。

C★NOVELS

台湾侵攻《たいわんしんこう》10
——絶対防衛線《ぜったいぼうえいせん》

2023年3月25日　初版発行

著　者　大石《おおいし》　英司《えいじ》

発行者　安部　順一

発行所　中央公論新社
〒100-8152　東京都千代田区大手町1-7-1
電話　販売 03-5299-1730　編集 03-5299-1930
URL https://www.chuko.co.jp/

DTP　平面惑星

印　刷　三晃印刷（本文）
大熊整美堂（カバー・表紙）

製　本　小泉製本

Published by CHUOKORON-SHINSHA, INC.
Printed in Japan　ISBN978-4-12-501464-7 C0293